目录

蚕丛国诗（四章选一）	汉·古辞 002
登成都白菟楼	晋·张载 004
游三学山	隋·智炫 007
山中	唐·王勃 010
赠李十四	唐·王勃 011
蜀城怀古	唐·刘希夷 013
登锦城散花楼	唐·李白 015
上皇西巡南京歌（十首选一）	唐·李白 017
赋得青城山歌送杨杜二郎中赴蜀军	唐·钱起 019
成都府	唐·杜甫 022
卜居	唐·杜甫 025
狂夫	唐·杜甫 027
南邻	唐·杜甫 029
西郊	唐·杜甫 031
客至	唐·杜甫 033
梅雨	唐·杜甫 035

赠花卿	唐·杜　甫	037
水槛遣心（二首选一）	唐·杜　甫	039
绝句（四首选一）	唐·杜　甫	041
进　艇	唐·杜　甫	043
春夜喜雨	唐·杜　甫	045
野　望	唐·杜　甫	047
登　楼	唐·杜　甫	049
石　犀	唐·岑　参	051
晦日益州北池陪宴	唐·司空曙	053
送何兆下第还蜀	唐·李　端	056
偶宴西蜀摩诃池	唐·畅　当	058
和武相公中秋锦楼玩月（得前字、秋字二篇）	唐·崔　备	060
八月十五夜与诸公锦楼望月（得中字）	唐·武元衡	063
摩诃池宴	唐·武元衡	065
和武相锦楼玩月（得浓字）	唐·柳公绰	066
寄蜀中薛涛校书	唐·王　建	068
成都曲	唐·张　籍	070
送客游蜀	唐·张　籍	072
浣花亭陪川主王播相公暨僚同赋早菊	唐·薛　涛	074
诸葛丞相庙	唐·武少仪	076
竹　枝（九首选一）	唐·刘禹锡	078
题武担寺西台	唐·段文昌	080
送马向游蜀	唐·徐　凝	082
送雍陶游蜀	唐·姚　合	084
散花楼	唐·张　祜	086
蜀国弦	唐·李　贺	087

成都历代经典寺司

窗含西岭千秋雪,门泊东吴万里船。
乱竹开三径,飞花满四邻。
日照锦城头,朝光散花楼。
剑壁门高五千尺,倚空碧,远压峨眉吞剑壁。
青城嶷嵚湿处三,花重锦官城。
晓看红湿处,花重锦官城。
西山白雪三城戍,南浦清江万里桥。
劝尔成都住,文翁有草堂。
遥连雪山净,迥入锦江流。

龚学敏 主编

成都时代出版社
CHENGDU TIMES PRESS

图书在版编目(CIP)数据

成都历代经典诗词 / 龚学敏主编. —— 成都：成都时代出版社，2019.11

ISBN 978-7-5464-2289-3

Ⅰ.①成… Ⅱ.①龚… Ⅲ.①诗词—作品集—中国 Ⅳ.①I22

中国版本图书馆 CIP 数据核字(2019)第 010901 号

成都历代经典诗词
CHENGDU LIDAI JINGDIAN SHICI

龚学敏 / 主编

出 品 人	李若锋
责任编辑	兰晓莹莹
责任校对	江 黎
封面设计	原创动力
责任印制	唐莹莹

出版发行	成都时代出版社
电 话	（028）86619530（编辑部）
	（028）86615250（发行部）
网 址	www.chengdusd.com
印 刷	四川华龙印务有限公司
成品尺寸	155mm × 230mm
印 张	26
字 数	370 千
版 次	2019 年 11 月第 1 版
印 次	2019 年 11 月第 1 次印刷
书 号	ISBN 978-7-5464-2289-3
定 价	60.00 元

著作权所有·违者必究
本书若出现印装质量问题，请与印刷厂联系更换。028-87781035

经杜甫旧宅	唐·雍　陶	089
锦城曲	唐·温庭筠	091
武侯庙古柏	唐·李商隐	093
魏城逢故人	唐·罗　隐	095
金牛驿	唐·胡　曾	097
蜀中（三首）	唐·郑　谷	099
蜀中春日	唐·郑　谷	102
题文翁石室	唐·裴　铏	103
升仙桥（二首）	唐·汪　遵	105
成　都	唐·萧　遘	107
三学山夜看圣灯	前蜀·徐　氏	110
成　都	宋·杨　亿	113
避暑江渎祠池	宋·宋　祁	115
扬雄墨池	宋·宋　祁	117
览蜀宫故城作	宋·宋　祁	118
过摩诃池（二首）	宋·宋　祁	120
成都遨乐诗二十一首·上元灯夕	宋·田　况	122
题琴台	宋·田　况	124
早离温江夜泊白沙步	宋·赵　抃	126
邛州青霞嶂	宋·张　俞	128
游海云寺唱和诗	宋·吴中复	130
万里桥	宋·吕大防	132
浣花泛舟和韵	宋·吕　陶	134
题双流保国观古柏	宋·胡宗师	136
送戴蒙赴成都玉局观将老焉	宋·苏　轼	138
游纪胜亭	宋·苏　辙	140

锦江思	宋·李新	142
龟化	宋·宋京	144
武担	宋·宋京	146
石室	宋·宋京	148
王氏碧鸡园咏·露香亭	宋·王灼	150
和李致政花石山诗	宋·魏了翁	152
弥牟镇孔明八阵图	宋·王刚中	154
灵泉山中（二首）	宋·杨甲	156
观鱼凫古城	宋·孙松寿	158
卧龙山	宋·王十朋	160
谒江渎庙	宋·喻汝砺	162
散花楼	宋·喻汝砺	164
题西门外筰桥下观音院	宋·仲昂	166
十五日同登大慈寺楼得远字	宋·李薰	168
题先主庙	宋·晁公遡	171
成都书事	宋·陆游	174
登灌口庙东大楼观岷江雪山	宋·陆游	176
九月三日同吕周辅教授游大邑诸山	宋·陆游	178
广都江上作	宋·陆游	180
弥牟镇驿舍小酌	宋·陆游	181
自小云顶上云顶寺	宋·陆游	182
谒石犀庙	宋·陆游	184
雨夜怀唐安	宋·郑獬	185
最高峰望雪山	宋·范成大	187
三月二日北门马上	宋·范成大	189
离堆行	宋·范成大	191

题龙华佛阁	宋·何 耕	193
青羊宫	宋·何 耕	195
成 都	宋·汪元量	197
自仁寿回成都	元·虞 集	200
王庶山水	元·虞 集	202
归 蜀	元·虞 集	203
蜀江春晓	元·丁 复	204
游草堂	明·陈南宾	207
山居写怀	明·楚 山	209
扬子云故宅	明·周洪谟	211
和余子俊玄武山圣泉原韵	明·杨 春	213
毗桥两渡	明·卢 雍	215
锦城夕	明·杨 慎	217
草堂寺	明·杨 慎	219
丹景山遇双池	明·杨 慎	221
送福上人还青城	明·杨 慎	223
百花潭	明·范 涞	225
题蜀山图	明·马德华	227
锦江春眺用升庵韵（二首）	明·杨 珩	228
钦新繁李谦之宅	明·刘道贞	230
双 流	明·曹学佺	232
新都弥牟镇八阵图	明·曹学佺	234
成都杂感（二首）	明·吕 潜	236
过蜀府	明·吕 潜	238
咏支机石	明·曹学佺	240
五块石	明·陈子陛	242

归田吟（二首）	清·费经虞	244
成　都	清·吴伟业	246
竹　枝	清·毛奇龄	248
谒武侯祠	清·龙为霖	250
新津县渡江	清·王士禛	252
弥牟道中望八阵图遗址	清·王士禛	254
游薛涛井	清·董新策	256
蜀道难	清·费锡璜	257
怀故乡亲友	清·费锡璜	259
和刘明府登三学山	清·赵　铭	261
繁城杂咏	清·郑方城	263
山　居	清·岳钟琪	264
驷马桥送开制军之伊犁	清·彭端淑	265
薛涛井次蔡绮襄韵（二首）	清·顾汝修	267
成都杂诗	清·李化楠	270
将赴青城从离堆渡江入筏村道中即事	清·蔡时田	272
寄怀李雨村同年	清·姜锡嘏	274
东郊踏青	清·潘元音	276
新津渡江	清·吴省钦	278
红牌楼	清·李调元	279
登云顶山	清·李调元	281
暑夜宿中和场	清·李调元	282
雨后过都江堰	清·徐本衷	283
与玉溪五弟游成都文殊院	清·张怀泗	285
薛涛吟楼（二首）	清·张怀泗	287
白鹤寺	清·叶光轸	289

少陵草堂	清·谢攀云	291
离　堆	清·张乃孚	293
杜鹃城	清·卫道凝	295
游丹景山步杨升庵韵	清·刘　沅	297
簇锦桥	清·刘　沅	299
文井江晚眺（二首）	清·余宗洛	301
锦城竹枝词（七首）	清·杨　燮	303
北关外早行（二首）	清·杨　燮	308
自新繁之金堂，过文澜堤偶吟	清·杨必绪	310
文澜晚归	清·陈心敏	312
韩　滩	清·梁起祥	313
游文澜堤	清·陈顺琛	314
竹枝词	清·尉方山	315
舟发成都	清·杨　庚	316
苏坡桥	清·李炳奎	317
游文澜堤	清·李　勋	318
初夏古城桥即事	清·杨　源	319
春晚度韩滩	清·巫光笈	320
游龙潭寺	清·孙文骅	321
峡口晓行	清·陈一津	323
过弥牟镇	清·陈祥裔	324
同叶雪苏郎中至犀浦	清·顾复初	325
登丹景山	清·戢澍铭	326
路过老君山	清·陈瑞馨	328
苏坡桥	清·佚　名	329
状元街杨用修故宅	清·毛　澂	330

摩诃池	清·毛澂	332
锦江东下绝句	清·毛澂	333
和青城题壁诗	清·骆成骧	334
咏蒙阳	清·席夔	336
籍田行	清·凡若	338
夜过广都城故址	清·曾肇琦	340
玉堂场竹枝词（二首）	清·曾肇琦	342
繁江竹枝词	清·周成基	343
繁江竹枝词	清·杨益济	344
出郭登灵岩山寺	清·黄应泰	346
谒武侯祠	清·杨为楫	348
遇仙桥	清·李瑁	350
江南送人还蜀	清·宗止	352
纪胜亭怀古	清·罗玮	353
游纪胜亭次苏子由韵	清·王玮	355
登金堂山	清·陈大纶	356
《万里桥送别图》为胡书巢同年赋	清·高辰	358
伏龙观	清·何椿龄	360
百花潭	清·易简	362
竹枝	清·吴好山	364
古佛堰	清·张问陶	365
泊黄龙溪	近代·黄英	368
中和人家	近代·赵熙	370
下里词送杨使君入蜀（选四首）	近代·赵熙	372
新繁作	近代·吴虞	376
人日行西城还小饮成咏	近代·林思进	377

春熙路竹枝	近代·刘师亮	379
游金堂云顶山遇雨	近代·于右任	380
青城纪事诗（二首）	近代·于右任	382
韩滩春涨	近代·郑　兰	384
成都近郊河心村	近代·谢无量	385
金缕曲·与石帚诸公游沙河堡放生池次萧中仑韵	近代·李培甫	387
初到青城	近代·顾诵坤	389
龙泉山顶远望	近代·吴芳吉	390
上清借居	近代·张大千	392
成　都	近代·易君左	394
戊寅夏宿青城天师洞	近代·黄稚荃	396
杨柳江晚照（二首）	近代·曾宝和	398
春熙路竹枝	近代·书　痴	400

x

汉 / HAN
成都历代经典诗词

蚕丛国诗（四章选一）

汉

川崖惟平，其稼多黍[1]。
旨酒嘉谷，可以养父。
野惟阜丘，彼稷[2]多有。
嘉谷旨酒[3]，可以养母。

此诗为汉代古辞。这首诗生动地描绘出西周末年至春秋时期成都平原的先民辛勤劳作的场景，黍稷丰收，酿酒敬老的美德。诗中所表达的内容还反映在成都出土的汉代画像砖中。

——李兴辉

注释

[1] 黍：一年生草本植物，叶线形，子实淡黄色，去皮后称黄米，比小米稍大，煮熟后有黏性。

[2] 稷：指粟米，可酿酒。古代称粟为嘉谷，后为五谷的总称。

[3] 旨酒：美酒。《诗经·小雅·鹿鸣》："我有旨酒，嘉宾式燕以敖。"

晋 JIN
成都历代经典诗词

登成都白菟楼[1]

— 晋 张载

重城结曲阿,飞宇起层楼。累栋出云表,峣嶭[2]临太虚。高轩启朱扉,回望畅八隅。西瞻岷山岭,嵯峨似荆巫。蹲鸱蔽地生,原隰殖嘉蔬。[4]虽遇尧汤世,民食恒有余。郁郁少城中,岌岌百族居。[5]街术纷绮错,高甍夹长衢。[6]借问扬子舍,想见长卿庐。[7]程卓累千金,骄侈拟五侯。[8]门有连骑客,翠带腰吴钩。鼎食随时进,百和妙且殊。披林采秋橘,临江钓春鱼。黑子过龙醢,果馔逾蟹蝑。[9]芳茶冠六清,溢味播九区。[10]人生苟安乐,兹土聊可娱!

这首五言古诗是作者成都之行登白菟楼的所见所思。拾级而上,所见者眼前白菟雄壮、山川秀美、城郭繁华、市廛熙攘;所思者此地物产丰饶、人才辈出、生活富足、宜居宜游。由此引出结句感慨"人生苟安乐,兹土聊可娱"。诗中特别赞美了蜀地"芳茶",加之陆羽《茶经》中节选了"借问扬子舍"以下的十六句,此诗便被后人誉为"第一首茶诗"。

——伍蔚冰

作者简介

张载,字孟阳,生卒年不详,安平观津(今河北武邑县)人,与弟张协、张亢三人,皆有才藻,时人称为"三张"。西晋太康中为著作佐郎,转太子舍人,迁乐安相、弘农太守。张载现存作品三十余篇,体裁以诗赋为主。其中写蜀地的有《叙行赋》《剑阁铭》和《登成都白菟楼诗》三篇,皆是他入蜀探望时任蜀郡太守的父亲张牧时写成。

注释

[1] 白菟(tù)楼:"白菟楼",又称"张仪楼""百尺楼",位于成都西南角,为秦时张仪所建,至唐犹存。

[2] 峣辥(yáo niè):高峻。

[3] 荆巫:荆山、巫山。荆山在今湖北省南漳县西部,巫山在今重庆市东部。

[4] 蹲鸱(chī):大芋。因状如蹲伏的鸱,故称。原隰:广平低湿之地。

[5] 少城:战国秦张仪在成都西部所筑之城称少城,清代称满城,在今成都人民公园一带。岌岌:山高耸貌,此指百族聚居,人丁兴旺。

[6] 街术:城中道路。绮错:繁华。甍(méng):屋脊,代房屋。

[7] 扬子:扬雄,西汉辞赋家,成都人。长卿:司马相如,字长卿,成都人,西汉辞赋家,外交家。

[8] 程卓:西汉蜀中两大工商巨头程郑、卓王孙。五侯:西汉成帝封其舅父王谭、王商、王立、王根、王逢为侯,后人常以五侯喻贵宠。

[9] 黑子:鱼名。龙醢:用龙肉制成的酱,此为比喻。蟹胥(xū):古人用蟹黄制成的一种食品,比喻美味。

[10] 六清:《周礼》所谓的"六饮",供天子用的六种饮料,有水、浆、醴、凉、医、酏(yǐ)。九区:即九州。

隋 SUI

成都历代经典诗词

游三学山 隋 智炫

秀岭接重烟，嶔岑[1]上半天。绝岩低更举，危峰断复连。
侧石倾斜涧，回流泻曲泉。野红知草冻，春来鸟自传。
树锦无机织，猿鸣讵假弦[2]？叶密风难度，枝疏影易穿。
抱裘依闲沼[3]，策杖戏荒田。游心清汉[4]表，置想白云边。
荣名非我愿，息意[5]且萧然。

> 智炫这首五言古诗宛如一卷山水画，又似一首古琴曲。绝岩危峰，斜涧曲泉，月漏疏枝，猿鸣天籁。远离名利，自甘寂寞。反复诵读冥想，亦能进入当年置身其中的百岁高僧心境，物我两忘矣。
>
> ——伍蔚冰

作者简介

智炫，南北朝时川中名僧。生卒年不详，经历了齐、梁、陈、隋各朝，享年一百零二岁。少年出家（俗家为成都陈姓），赴长安求学，术业精进。适北周武帝欲废佛存道，智炫抗声力辩，帝不能屈，并废二教。无从立足，遂南下。入隋住孝爱寺。隋文帝时大弘佛法，南北归向，智炫名盛天下。晚年还蜀，隐于三学山而终。

注释

[1] 嵚（qīn）岑：山高而险。

[2] 讵：岂，表反问。假：借用。弦：乐器。

[3] 抱裘：穿着皮衣。闲沼：废弃之池沼，与荒田对偶。

[4] 清汉：天河、霄汉。

[5] 息意：息心绝意，远离尘嚣。

唐 TANG
成都历代经典诗词

山中

唐 王勃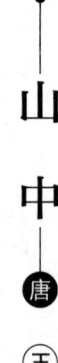

长江悲已滞[1],万里念将归。
况属高风晚[2],山山黄叶飞。

唐乾封元年(666年),王勃被沛王李贤征为王府侍读,两年后,因戏作骈赋《檄英王鸡》,被唐高宗怒逐出府,随即出游巴蜀。诗写作者滞留蜀中,久而思归故里。秋风劲吹,黄叶纷飞,滔滔大江,奔流不息,岁将云暮。而青春几何?人生几何?蹉跎岁月,都付与苍烟落照,能不生逝者如斯之感?归去来兮,不如归去!

——袁建章

作者简介

王勃(约650年—约676年),字子安,唐代文学家。古绛州龙门(今山西河津)人,出身儒学世家,与杨炯、卢照邻、骆宾王并称"初唐四杰"。其《滕王阁序》一赋,蜚声千古。

注释

[1] 滞:淹滞、阻滞、滞留,不得志。
[2] 况属:何况是。高风:秋风。

赠李十四（四首选一）[1]

唐 王勃

乱竹开三径[2]，飞花满四邻。
从来扬子宅[3]，别有尚玄[4]人。

诗为五言律绝，乱竹者生长茂盛之竹也，乱竹间三径划然，主人为隐逸高士。竹乱花飞，表示主人广植花木；"满四邻"比喻主人贤雅，泽惠四邻。后二句以扬子宅表达对李十四之赞许，李不仅是隐者，也是扬雄一般博学之士。称李尚玄，则李可能为扬学研究者，或为扬雄那样的学问家。短短二十字，写景写人，一气呵成。写景如见，竹开三径，花飞四邻，一派暮春时节欣欣向荣气象；写人欲出，褒衣博带，拱揖临风，如送如迎。笔墨精到，诗中上品也。

蜀学始于扬雄，至北宋苏轼、其父苏洵、其弟苏辙，苏门诸学士，蔚为大观。

——何焱林

注释

[1] 李十四：李姓，家族同辈中排行第十四。唐代时行以行第（排行之前加姓氏）用作人的称谓，如杜二（甫），李十二（白），元九（稹）等。

[2] 三径：指归隐者的家园，或喻主人归隐。

[3] 扬子宅：即扬雄住宅，此喻李宅，见李十四为成都人。

[4] 尚玄："玄"指玄深邃秘之理；尚玄：崇尚研究深奥之学，崇尚扬雄之《太玄经》。

蜀城怀古

唐 刘希夷

蜀土饶水竹，吴天积风霜。穷览通表里，气色何苍苍！旧国[1]有年代，青楼[2]思艳妆。古人无岁月，白骨冥丘荒。寂历弹琴地[3]，幽流读书堂[4]。玄龟埋卜室[5]，彩凤灭词场[6]。阵图一一在，柏树双双行[7]。鬼神清汉庙，鸟雀参秦仓。叹世已多感，怀心益自伤。赖蒙灵丘境[8]，时当明月光。

"怀古"诗多表达感旧伤时，此诗亦然。诗人入手便用"蜀土饶水竹，吴天积风霜"，抒发心中对沉重、艰危时事的感慨。在蜀土吴天、山河表里之间，旧国若何？古人何在？古人弹琴地、读书堂，卜筮室，古老的民俗风情，曾经的汉庙秦仓，而今不是幽暗冷清，就是湮灭无闻，只有幽幽出没的鬼神，无知无识的鸟雀，令人追思野冢、荒丘！"叹世已多感，怀心益自伤"，多么纠结！幸而有明月关照的"灵丘"，让孤寂苦闷之心获得片刻安慰。整首诗用写实加联想的手法，从眼前所见推开，一一写去，诗语沉郁婉转、苍凉慷慨，成功地表现了"怀古"主题。

——何焱林　周荻

作者简介

刘希夷（约651年—约680年），一名庭芝，字延之，汉族，汝州（今河南省汝州市）人。唐朝诗人。唐高宗上元二年进士，善弹琵琶。其诗以歌行见长，多写闺情，辞意柔婉华丽，且多感伤情调。

注释

[1] 旧国：旧时邦国或国都。李白《梁园吟》："洪波浩荡迷旧国"即作国都。此指成都。

[2] 青楼：此处指显贵人家的华厦，与后称妓女处所为"青楼"不同。

[3] 弹琴地：司马相如于临邛卓王孙府用琴音向卓文君表示爱慕，遂成就一段姻缘。此处借指成都。

[4] 读书堂：即草玄堂。《寰宇记》："子云（雄字）宅在少城西南，一名草玄堂。"因扬雄著《太玄经》，故名。

[5] 玄龟：指卜筮所用乌龟甲壳。用严君平事，与下句彩凤用王褒事对偶。《汉书·列传》第四十二：严遵字君平，成都人，卖卜成都市廛。埋：隐。成语"隐姓埋名"用此义。卜室：卜筮之室。埋卜室：隐于卜室。

[6] 彩凤：王褒(公元前90年—公元前51年)，蜀资中(今四川资阳市墨池坝)人。西汉后期著名辞赋家，有《洞箫赋》等传世。彩凤喻王褒。灭：湮灭。词场：词藻之场，文章之场。

[7] 阵图：八阵图，有水、旱八阵之别。水八阵在今重庆奉节。旱八阵据传在今成都清白江区弥牟镇。柏树：指孔明庙中的老柏树。

[8] 灵丘境：仙境。

登锦城散花楼 唐 李白

日照锦城头,朝光散花楼[1]。
金窗夹绣户,珠箔悬银钩。
飞梯绿云中,极目散我忧。
暮雨向三峡,春江绕双流[2]。
今来一登望,如上九天游。

  诗首二句提纲挈领,写朝暾初上,普照锦城,散花楼伟岸堂皇,耀眼夺目。三四句推开,赞美散花楼金窗、绣户、珠箔、银钩之精美装饰,并对登楼的感受极尽夸张描写,飞梯绿云中,何等雄伟!极目散我忧,何等高远!诗人至此又将笔一收,抒写合乎现实的想象,三峡虽不见,定有暮雨,还有那春江,一定分分合合、缠绵婉转地流去。最后,诗人把笔一扬,以"如上九天游"结尾。全诗形象鲜明,感情充沛,气势开张,情景交融,给人以美妙之艺术享受。诗虽为李白年少时作,却已透露其后"大笔如椽"之消息。

——周 蓉

作者简介

李白（701年—762年），字太白，号青莲居士，又号"谪仙人"，是唐代伟大的浪漫主义诗人，被后人誉为"诗仙"，与杜甫并称为"李杜"，为了与另两位诗人李商隐与杜牧即"小李杜"区别，杜甫与李白又合称"大李杜"。据《新唐书》记载，李白为兴圣皇帝（凉武昭王李暠）九世孙，与李唐诸王同宗。其人爽朗大方，爱饮酒作诗，喜交友。

注释

[1] 散花楼：一名锦楼，为隋末蜀王杨秀所建，故址在今成都市区东北隅。

[2] 双流：二江。秦时修都江堰，分岷江为二支，北支称郫江，亦名北江；南支称捡江，亦名流江、南江。后二江合而南流。今成都北之油子河，南之走马河即古郫、捡二江径流。

上皇[1]西巡南京[2]歌（十首选一）

唐 李白

胡尘轻拂建章台[3]，圣主西巡蜀道来。
剑壁门高五千尺，石为楼阁九天开。

　　《上皇西巡南京歌》是唐明皇"西狩"及归来特定历史背景下，诗人李白正处于危难中写成的。此是组诗第一首，基本事实是李隆基回銮。第一句说此事背景和条件，"胡尘轻拂"，意为安史之乱对李唐王朝来说只是"轻拂"，然而何止轻拂，李唐走向衰颓此为转折点。后两句用夸张手法道出诗的意旨，即明皇"西巡"来蜀，九天亦为之开道。

关于《上皇西巡南京歌》是褒是贬，一种看法意在为唐玄宗的还朝而感到欣喜，为国家形势的好转而高兴；另一说法认为基本是反讽唐玄宗的逃跑主义，看似歌颂，实为讽刺。哪一说更接近事实？不妨断章取义，看看这首诗是颂是讽。"胡尘轻拂建章台"，把人人尽知的刀光剑影、血山火海的痛切感受之安史大乱，看作不伤筋骨的"轻拂"，放在组诗第一首第一句，说其包含沉痛、辛辣的反讽，当不为过。

——周　菽

注释

[1] 上皇：指唐玄宗李隆基。时太子李亨在灵武登基，遥尊李隆基为太上皇。

[2] 南京：指成都。《新唐书》："唐肃宗至德二载（757年），以蜀都为南京。"

[3] 胡尘：指安禄山、史思明叛军。建章台：汉代长安宫有建章宫、建章台。此代指唐宫苑。

赋得青城山歌送杨杜二郎中赴蜀军

唐 钱起

蜀山西南千万重,仙经最说青城峰。

青城嶔岑[1]倚空碧,远压峨眉吞剑壁[2]。

锦屏[3]云起易成霞,玉洞[4]花明不知夕。

星台二妙逐王师[5],阮瑀军书王粲诗[6]。

日落猿声连玉笛,晴来山翠傍旌旗。

绿萝春月营门近,知君对酒遥相思。

"赋得"为唐诗多用题式。"歌"多借民间曲调。永泰元年(765年)十月,蜀中剑南西川兵马使崔旰起兵叛乱,占领成都,杀节度使郭英义(yì),自称节度留后。大历元年(766年)二月,唐代宗命杜鸿渐兼任剑南西川节度使赴西川平叛。诗题中"送杨杜二郎中"之杜即杜鸿渐,杨无考。

诗写蜀山千万重,但"仙经"最喜欢的还是青城山。诗中极写山之高峻、险要,倚立碧空,远压峨眉,雄吞剑壁。景色则云起成霞,玉洞有花。并引典述事。说杨、杜二人是中枢所派,才艺双全,可随王师灭寇平乱,有阮瑀书檄之能,王粲作诗之才。"绿萝春月营门近,知君对酒遥相思",作者设想,当蜀中营门外是绿萝茂盛的春天,二君平乱胜利,举杯相祝时,也会遥念庭阙旧友吧。

钱诗清丽,流连光景,风格闲雅纤秀。此诗可见其大概。

——杨人杰

作者简介

钱起(710年—780年),字仲文,吴兴(今浙江湖州)人。天宝十载(751年)登进士第。初为秘书省校书郎、蓝田尉,后任考功郎中等。工诗,与郎士元齐名,时称"钱郎""大历十才子"之一。有《钱起诗》一卷。今有《钱考功集》十卷行世。代表作有《省试湘灵鼓瑟》,其"曲终人不见,江上数峰青",广为传颂。

注释

[1] 嶔岑:高峻险要的山。

[2] 峨眉:峨眉山。剑壁:剑门关。

[3] 锦屏:青城诸峰联袂横天,如一道锦屏。

[4] 玉洞:岩洞美称,亦指仙道、隐者住所。

[5] 星台:三台星,借指朝廷中枢机构。二妙:指同时以才艺著称的二人。《晋书·卫瓘传》:"瓘学问深博,明习文艺,与尚书郎索靖俱

善草书,时号称'一台二妙。'"此处指杨、杜。

[6] 军书:阮瑀为汉末文学家,阮籍之父,"建安七才子"之一。《三国志·魏书·王粲传》附《阮瑀传》:"瑀少受学于蔡邕……太祖(曹操)并以(陈)琳、(阮)瑀为司空军谋祭酒,管记室,军国书檄,多琳、瑀所作也。"军书指此。王粲:东汉末文学家,其诗、赋慷慨激昂,骈俪华彩。建安七子之一。

成都府

唐 杜甫

翳翳桑榆日[1]，照我征衣裳[2]。
我行山川异，忽在天一方。
但逢新人民[3]，未卜见故乡。
大江[4]东流去，游子日月长。
曾城填华屋[5]，季冬树木苍[6]。
喧然名都会[7]，吹箫间笙簧[8]。
信美无与适[9]，侧身望川梁[10]。
鸟雀夜各归[11]，中原杳茫茫。
初月[12]出不高，众星尚争光[13]。
自古有羁旅[14]，我何苦哀伤。

诗为杜甫由同谷赴成都所写十二首纪行诗之末首。肃宗乾元二年（759年）十二月一日，诗人举家从同谷出发，经一个月艰难跋涉，年底到达成都。诗作于上元元年（760年）正月，否则何能见初月？含蓄深婉的抒情是其特色，表面上写景纪行，但在平和字句下面激荡着感情波澜。诗中有喜忧两种感情，摹写内心变化曲折尽致。诗人历尽艰辛，为的是寻找一块栖身之地，来到富庶繁华的成都，"我行山川异，忽在天一方。"眼前一片新天地，给诗人一家新的希望，欣慰之情溢于言表。"未卜见故乡"，立即想到牵挂的故乡，何时才能结束羁旅生涯？念及成都繁华，气候温和，文化昌明，又转悲为喜。归结到成都虽美，终非故土。茫茫中原，关山阻隔，现沦陷于叛军之手，诗人又陷入深深痛苦之中。遥望星空，愁肠百结，诗人只能自宽自慰："自古有羁旅，我何苦哀伤。"诗中状喜，不至欣喜若狂；诉悲，不至悲愁欲绝，在平和舒缓沉稳大气的字句里，透露出深厚的忧国忧民，喜忧交织的感情。

——殷明辉

作者简介

杜甫（712年—770年），河南巩县（今河南巩义市）人，字子美，自号少陵野老。现实主义大诗人，世称"诗圣"，其作品被后世尊为诗史。唐肃宗时官左拾遗；友人严武推荐为剑南节度府参谋，加检校工部员外郎；世称"杜拾遗""杜工部"。

注释

[1] 曀（yì）曀：晦暗不明貌。桑榆：《淮南子》："日西垂，景在树端，谓之桑榆。"因借以指日暮。

[2] 征衣裳：此指旅人之衣。

[3] 新人民：异乡初见之人。

[4] 大江：这里指岷江。

[5] 曾（céng）城：重城，成都有大城、少城，故云。填：布满。华屋：华美的屋宇。

[6] 季冬：冬季的最后一个月，农历十二月，即腊月。苍：青色。

[7] 喧然：热闹；喧哗。名都会：著名的城市，此指成都。

[8] 间（jiàn）：夹杂。一作"奏"。

[9] 信：确实。无与适：无处可称心。

[10] 川梁：桥梁。南朝梁江淹《灯夜和殷长史》诗："冰鳞不能起，水鸟望川梁。"

[11]"鸟雀"二句：以鸟雀犹知归巢，因兴中原辽远之归思。

[12]初月：新月。

[13]众星尚争光：众星与新月比试光辉。《淮南子·说山训》云："日出星不见，不能与之争光也。"

[14]羁旅：指飘泊异乡的人。

卜居

唐 杜甫

浣花溪[1]水水西头,主人为卜林塘幽[2]。
已知出郭少尘事[3],更有澄江[4]销客愁。
无数蜻蜓齐上下,一双鸂鶒[5]对沉浮。
东行万里堪乘兴,须向山阴上小舟[6]。

乾元二年（759年）年底,杜甫一家由秦州（今甘肃）同谷到达成都,在成都西郊浣花溪畔暂时住了下来。上元元年（760年）春,诗人在亲友的帮助下筹建起几间茅屋,即草堂。诗中表现了诗人避地野居的旷达心境。首联点明卜居居所的具体位置,借一"幽"字贯穿全篇。二、三联写草堂及周围的风光景物,以及诗人在日常生活中所领略到的种种幽趣。《杜诗镜铨》:"张云：'齐'字、'对'字,写出物情。"尾联写寓居草堂产生出来的遐想远致,浣花溪之水远通吴会,正可乘兴买棹东下,去造访神驰已久的山阴胜地。《杜诗详注》谓:"公《壮游》诗云：'鉴湖五月凉。'盖深羡山阴风景之美,今见浣溪幽胜,仿佛似之,故思乘兴东游,此快意语,非愁叹语。"当然,这只是诗人的愿望而已,这在当时是难以实现的。

——殷明辉

注释

[1] 浣花溪：在四川成都市西郊，为锦江支流，杜甫建草堂于溪旁。

[2] 主人：指当地的亲友。卜：选择，寻找。

[3] 郭：城郭。出郭：在郊外。少尘事：少俗务相扰。

[4] 澄江：江水澄澈。

[5] 鸂鶒（xī chì）：水鸟名，像鸳鸯，又称紫鸳鸯。

[6] 山阴、小舟：用王子猷典故。《世说新语》载："王子猷居山阴，夜大雪，眠觉，开室命酌酒，四望皎然。因起彷徨，咏左思《招隐》诗。忽忆戴安道。时戴在剡，即便夜乘小舟就之。经宿方至，造门不前而返。人问其故，王曰：'吾本乘兴而行，兴尽而返，何必见戴。'"

狂夫 唐 杜甫

万里桥[1]西一草堂，百花潭水即沧浪[2]。
风含翠篠娟娟净[3]，雨裛红蕖冉冉香[4]。
厚禄故人[5]书断绝，恒饥[6]稚子色凄凉。
欲填沟壑唯疏放[7]，自笑狂夫老更狂[8]。

首联"即沧浪"三字，引出下文疏狂之意。"即"字表示知足的心态，今既有此清潭，又何必非要追求"沧浪"之水呢？"万里桥"与"百花潭"，"草堂"与"沧浪"，略相映带，似对非对，在形式上有着天然之美；而一联之中包含了四个专用名词，次第展现，使读者跟随诗中的意境，一路风光地走下去，且为后面"点题"，预做铺垫。颔联是实景描写："风含翠篠""雨裛红蕖"之美景令人暂时忘却忧愁。而"冉冉""娟娟"两处叠词的运用，又平添了音韵之美，令人陶然。颈联回到现实生活处境，诗人一家老小初到成都时，曾靠故人严武接济，分赠禄米；一旦故人音书断绝，家人便免不了挨饿。导致"恒饥稚子色凄凉"。尾联"欲填沟壑唯疏放"，即倒毙路旁无人收葬，这是何等严酷的现实啊！杜甫却没有被生活的磨难压倒，这就是诗中所说的

"疏放"。诗人这种积极的人生态度，不但没有随岁月流逝而衰退，饱经忧患之余，还能吟出"自笑狂夫老更狂"这样劲健的诗句来。

——殷明辉

注释

[1] 万里桥：位于成都南门外，杜甫的草堂在万里桥西面。

[2] 白花潭：在浣花溪南，杜甫草堂在其北。沧浪：原指汉水支流沧浪江，水质清澈。

[3] 篠（xiǎo）：同"筱"，细小的竹子。娟娟净：形容秀美光洁。

[4] 裛（yì）：滋润。蕖：荷花别名。红蕖，红色的荷花。冉冉香：阵阵散着清香。

[5] 厚禄故人：指做大官的朋友，如严武等。

[6] 恒饥：长时间挨饿。

[7] 填沟壑：把尸体扔到山沟里去，指穷困潦倒而死。疏放：疏远仕途，狂放不羁。

[8] 狂夫：诗人自嘲，有不与世沉浮之意。

南邻 [1]

唐 杜甫

锦里先生乌角巾[2]，园收芋粟[3]不全贫。
惯看宾客儿童喜，得食阶除[4]鸟雀驯。
秋水才深四五尺，野航[5]恰受两三人。
白沙翠竹江村暮，相对柴门月色新。

离草堂不远，住着一位锦里先生，杜甫称之为"南邻"。到他家作客，诗人的印象如何呢？杜甫首先看到主人头戴"乌角巾"，一副隐士打扮，主人的园子里种的芋头、栗子都有了收成。"不全贫"是说主人家境虽然不十分富裕，也还将就过得去。但是从主人和他家人的愉快表情中，可以看出他是一个安贫乐道之士，庭院之内，儿童笑语相迎，这家也时常有人来往，连小孩子们都很好客。阶除上啄食的鸟雀，看人来也不惊飞，因为平时无人伤害它们。气氛安宁祥和。三四联展现一幅江村送别图："白沙""翠竹""江村""柴门"，在新月掩映下显得特别清幽。由于门外是一条小河，故有"秋水才深四五尺，野航恰受两三人"的实景素描。王嗣奭《杜臆》曰："'野航'乃乡村过渡小船，故'恰受两三人'"。杜甫在主人的"相送"下登上小船返家；他来时也是从这儿摆渡的。

从"惯看宾客儿童喜"到"相送柴门月色新",可以想见,主人殷勤接待,客人竟日淹留,临暮方归的情景。南邻即朱山人也,杜甫另有《过朱山人水亭》诗。

——殷明辉

注释

[1] 南邻:指杜甫草堂邻居朱山人。

[2] 锦里:成都泛称。乌角巾:黑色的方巾。

[3] 芋粟:芋头、粟米,泛指五谷杂粮。

[4] 阶除:指台阶和门前庭院。

[5] 野航:小船。

西郊

唐　杜甫

时出碧鸡坊[1]，西郊向草堂。
市桥[2]官柳细，江路野梅香。
傍架齐书帙[3]，看题减药囊[4]。
无人觉来往[5]，疏懒[6]意何长。

诗人独自郊游，偶经碧鸡坊，离开闹市之后，迎面横着一座桥，两岸垂柳依依，梅香扑鼻，既获视觉之娱，又享嗅觉之美。于是，觉得懒散而又自在，表达出诗人闲适愉悦之情。此诗上四句描写西郊途次之景；下四句描写草堂幽寂之景，逐层叙述，一气呵成。《杜臆》谓："此喜地僻，得以遂其疏懒也。"此解颇得该诗之旨。

——殷明辉

注释

[1] 碧鸡坊：据《梁益记》，成都之坊，百有二十，第四曰碧鸡坊，在城之西南。

[2] 市桥：据《华阳国志》，成都西南石牛门外曰市桥，即冲星桥，在今成都县西南四里。

［3］帙：书画的封套。

［4］看题：看说明书。药囊：盛药布袋。

［5］无人觉来往：谓不见人迹来往，可见郊景之静。

［6］疏懒：萧疏懒散。

客[1]至 唐 杜甫

舍南舍北皆春水,但见群鸥日日来。

花径[2]不曾缘客扫,蓬门[3]今始为君开。

盘飧市远无兼味[4],樽酒家贫只旧醅[5]。

肯与邻翁相对饮,隔篱呼取尽余杯[6]。

上元二年(761年)春天,杜甫五十岁时,为崔县令来访而作此诗。首联从户外景色着笔,点明客人来访的时间、地点和作者的心境。"舍南舍北皆春水",颔联转向庭院,引出"客至"。上句说,长满花草的庭院小路,还没有因为迎客打扫过。下句说,一向紧闭的家门,今天才第一次为你崔明府打开。寂寞之中,贵客临门,主人不禁喜出望外。前后映衬,情韵深厚。后四句转入待客。"盘飧市远无兼味,樽酒家贫只旧醅",读者仿佛看到诗人迎客就餐、频频劝饮的情景,听到他抱歉酒菜欠丰的客气话,听来让人感到十分亲切!"客至"之情到此似已写足,然而诗人却峰回路转,别开生面地以"肯与邻翁相对饮,隔篱呼取尽余杯"作结,这一细节描写,细腻逼真,十分传神。《唐七律隽》谓:"只家常话耳。不见深艰作意之语,而有天然真致。"《历代诗法》云:"诗人荡然谦厚之意,见于言外。"

——殷明辉

注释

[1] 客：指崔明府。明府，唐人对县令的称呼。

[2] 花径：长满花草的小路。

[3] 蓬门：用蓬草编成的门户，以示房子的简陋。

[4] 盘飧（sūn）：盘里菜肴。盘飧市：指卖腌卤等熟食之所。兼味：多种菜肴。

[5] 樽酒：樽里所盛之酒。旧醅：旧酿之酒。古盛酒器密封不好，旧酒味淡，喜饮新酿。

[6] 余杯：剩下之酒，残酒，乃谦词。

梅雨

唐 杜甫

南京犀浦道[1]，四月熟黄梅。
湛湛长江去，冥冥细雨来。
茅茨[2]疏易湿，云雾密难开。
竟日蛟龙喜，盘涡[3]与岸回。

　　"南京"指成都，"犀浦道"为唐代犀浦县。诗的大意是：四月路经此地，黄梅已经成熟，正是蜀天梅雨季节，湛湛江水奔流，蒙蒙细雨不停，打湿了疏落有致的茅草覆盖的屋顶。云垂天低，雾气弥漫，汹涌的江河中，仿佛整日有蛟龙在嬉戏，形成一个个漩涡猛烈地撞击着对岸，又回流过来，真有点惊心动魄！此诗描写蜀中四月江郊实景，壮美与纤丽互见，笔力雄健，意境壮阔。仇云："茅茨二句见细雨蒙蒙之景；蛟龙二句见长江汹汹之势。"

——殷明辉

注释

[1] 南京：指成都，唐肃宗至德二载以蜀都为南京。犀浦：今成都郫都区犀浦镇。

[2] 茅茨（cí）：用茅草盖的房子。

[3] 盘涡：漩涡。

赠花卿 [1]

唐 杜甫

锦城丝管日纷纷[2],半入江风半入云。
此曲只应天上[3]有,人间能得几回闻[4]。

本诗历来注家颇多异议。有人认为它只是赞美乐曲,不含别的意思;有人则认为它表面上是在赞美音乐,实际上却暗含讽劝意味。作者在诗中并没有对花卿明言指责,而是采取双关手法。表面看这确是一首赞美音乐的诗,仔细地品味,似乎又含有弦外之音。宋人张天觉说:"讽刺则不可怒张,怒张则筋骨露矣。"明人杨升庵说:"花卿在蜀颇僭用天子礼乐,子美作此讥之,而意在言外,最得诗人之旨。"杜甫此诗意在言外,忠言而不逆耳,使对方乐于接受。

——殷明辉

注释

[1] 花卿:成都尹崔光远的部将花敬定。

[2] 丝管:弦乐、管乐,泛指音乐。纷纷:纷纭不绝。

[3] 天上:双关语,暗指皇宫。

[4] 几回闻:本意说这种宫廷里才有的音乐,民间是很难听到的啊。

水槛遣心（二首选一）

——唐 杜甫

去郭轩楹敞[1]，无村眺望赊[2]。
澄江平少岸，幽树晚多花[3]。
细雨鱼儿出[4]，微风燕子斜[5]。
城中十万户，此地两三家。

本题目共两首，此为第一首。诗大意是：草堂远离喧闹的城市，庭院门窗宽敞，四周没有村落，放眼一望无边。碧澄江水，几乎与两岸齐平；清幽的树木，时令虽晚，犹自多花。在细雨蒙蒙，微风习习中，鱼儿欢快地跃出水面；燕子倾斜着身子掠过天空。联想到居仕城里十分喧闹拥挤，而浣花溪边却只有两三户人家，因此显得非常清闲自在。

"细雨鱼儿出，微风燕子斜"是历来传诵的名句。此诗可见诗人缘情体物，用意精微的高超本领，而又纯以白描手法来表现，真乃诗中出神入化之境界。

——殷明辉

注释

[1] 郭：内城为城，外城为郭。去郭：远离城郭。轩：此指窗户。楹：堂屋前柱。此处"轩楹敞"指门窗高宽敞亮。

[2] 赊：长、远，此指视界开阔。

[3] 幽树：幽婉要妙，地处静僻之树。晚多花：时令虽晚，树犹多花。

[4] 细雨鱼儿出：下小雨时气压低，水中含氧量相对少，故鱼浮出水面。

[5] 微风燕子：起微风时多飞虫，燕子逐虫，多斜飞。

绝 句（四首选一） —— 唐 杜甫

两个黄鹂[1]鸣翠柳，一行白鹭[2]上青天。
窗含西岭[3]千秋雪，门泊东吴万里船[4]。

  这首诗是杜诗写景诗中脍炙人口的名作。四句诗一句一景，句句对仗，精致典丽，但却流畅自然，毫无雕琢气，犹如一幅天然图画，引人入胜。黄鹂、翠柳、白鹭、青天、江岸、船只、雪山，视角由近及远，再由远及近，给人以既细腻又开阔的感觉。短短四句小诗，把读者由眼前景观引向广阔的空间和悠长的时间之中。《杜臆》云："此四诗盖作于入居草堂之后，拟客居以此终老。"《唐宋诗醇》云："虽非正格，自是绝唱。"

——殷明辉

注释

[1] 黄鹂：黄莺，鸣声悦耳。

[2] 白鹭：鹭鸶，羽毛纯白，能高飞。

[3] 西岭：西岭雪山，位于成都市大邑县境内。

[4] 东吴：指长江下游的江苏一带。古时成都河道通畅，乘船可达长江。

进艇 唐 杜甫

南京久客耕南亩，北望伤神坐北窗。

昼引老妻乘小艇，晴看稚子浴清江。

俱飞蛱蝶原相逐，并蒂芙蓉本自双。

茗饮蔗浆[2]携所有，瓷罂[2]无谢玉为缸。

  诗系杜甫寓居成都西郊浣花溪时期作，首联写诗人独坐北窗遥望都城长安的情景，杜甫此时客寓草堂，躬耕南亩，形同野老。而思念朝廷，系念天下苍生的宿志始终不移。成都在玄宗幸蜀后，一度改称南京。颔联描述杜甫一家在成都的现实生活场景，诗人和妻子白天乘坐小船泛溪赏景，晴天又看到小儿子在清澈的溪水游泳戏水，这段时间日子过得还算惬意舒心。颈联实写泛溪所见蝴蝶翩飞，荷花盛开的美景，诗人此时的心情也表现得十分恬淡。尾联写诗人和妻子自备了蔗浆和茶水，便于途中饮用，用质朴的陶瓷器具盛装，未必比用玉制茶缸显得差啊！尾联暗示诗人自己的人生价值观已从追求仕途显达转向追求淡泊宁静的新境界。

——殷明辉

注释

[1] 蔗浆：甘蔗榨出之浆。见得甘蔗榨汁作饮料，至少在唐代已成风习。

[2] 罌（yīng）：古广腹小口的酒器。

春夜喜雨

唐 杜甫

好雨知时节，当春乃发生[1]。
随风潜入夜，润物细无声。
野径云俱[2]黑，江船火独明。
晓看红湿处[3]，花重锦官城[4]。

  诗为写春夜雨景的名作。写于诗人寓居成都第二年，唐肃宗上元二年（761年）春天。由于诗人自耕自种（种菜养花），和当地农民交友，故深感春雨的宝贵。诗开头就用"好"字赞美"雨"。作者用拟人笔法，说"雨"下在"当春"需水的季节，并且随着夜晚的春风悄悄地到来，不惊人，不扰物，滋润着土地。天色微茫，云压野径，浓黑如墨，空寂无人；而江中船舶却灯火通明，独映江波，开始准备一天的航程了。待到清晨时分，满目春花，都因一夜喜雨，湿漉漉、沉甸甸，开得多而艳丽，整个锦官城一片"红湿"，美不胜收。

  美好的春雨，美丽的春景，诗人能不喜吗？诗中却不见一个喜字，而将内心之喜，心外之喜，人喜，物喜，用诗画的具象表达出来，使诗的意境提高了一个层次。

——杨人杰

注释

[1] 乃发生：就萌发生长。

[2] 俱：全，都。

[3] 晓：清晨。红湿处：指带着雨水的花朵的地方。

[4] 花重（zhòng）：花因沾着雨水，显得饱满沉重的样子。

野望

唐 杜甫

西山白雪三城戍[1],南浦清江万里桥[2]。

海内风尘诸弟隔,天涯涕泪一身遥。

惟将迟暮[3]供多病,未有涓埃答圣朝[4]。

跨马出郊时极目,不堪人事日萧条。

  此诗写于唐肃宗上元二年(761年)。诗人写他跨马出郊,极目远望,只见西山终年积雪,在(松、维、保)三城还有驻军,南面则有万里桥(即成都老南门大桥),横跨清清的锦江。二、三联则联想到连年战乱,诸弟远隔天涯,只有自己一人凄怆流泪,惟有将迟暮的年光,交与多病的身躯。至今无点滴微小的功德报答圣朝。末联写他独自一人骑马郊游,极目远望,感叹世事一天天萧条,真叫人不堪想象。

  全诗借游写景,借景抒情,情景交融,表达了作者对连年战乱,诸弟远隔,自身多病,无功报国的感伤。

——杨人杰

注释

[1] 西山：指成都西北与当时吐蕃接壤之岷山山脉诸山，多为高海拔山地，终年积雪。三城：指松（今松潘县）、维（故城在今理县西）、保（故城在今理县新保关西北）。

[2] 南浦：南面水岸，常代指送别地。清江：指锦江。

[3] 迟暮：语出《楚辞·离骚》：惟草木之零落兮，恐美人之迟暮。比喻晚年、暮年。

[4] 涓埃：细流与微尘，比喻微小。

登楼

唐 杜甫

花近高楼伤客心,万方多难此登临。

锦江春色来天地,玉垒[1]浮云变古今。

北极朝廷终不改[2],西山寇盗[3]莫相侵。

可怜后主还祠庙[4],日暮聊为梁甫吟[5]。

    此诗写于代宗(李豫)广德二年(764年)春。是时已是诗人客居成都的第五个年头。上年正月,官军收复河南河北,安史之乱平定。十月便有吐蕃攻陷长安,立傀儡、改年号,代宗奔陕州。随后郭子仪复京师,乘舆反正。年底吐蕃又破松、维、保等州(今四川北部),继而再陷剑南、西山诸州。这就是诗的写作背景。

    作者登楼本是赏景悦心,但看到楼下远近一片繁花似锦,反而触及他忧国忧民的情怀。由此抒发出"万方多难",花"伤客心"的沉痛心情。首联提领全篇,以乐景写哀情,表达了诗人的满腹愁绪。颔联以"锦江春色"开拓视野,"玉垒浮云"驰骋想象,将万里河山,古今史事一一在心头闪现;透露了诗人忧国忧民的无限心事。颈联纵议天下大事,认为"北极(北方)朝廷"是不可能更改的;"西山盗寇"(吐蕃)就不要再"相侵"了；透露着诗人词严义正，浩气凛然的坚定信念。尾联咏古讽今，寄托个人怀抱。诗以刘禅喻代宗李豫。李豫重用宦官程元振、鱼朝恩，造成吐蕃入侵、藩镇割据、朝廷内忧外困、国事维艰的严重局面。同刘禅信任黄皓而亡国极其相似。所不同者，当今只有刘后主那样的昏君，却没有诸葛亮那样的贤相。此时也只有像诸葛亮喜欢吟颂的乐府诗篇《梁甫吟》一样，感叹岁月流逝，人生短暂之登楼之感了。

全诗即景抒怀，写山川景色联系古往今来的社会变化，谈人事又借助自然景物，互相渗透，情景交融，寄兴寓情。历代诗家对此诗评价极高。清人浦起龙评谓："声宏势阔，自然杰作"（《读杜心解》卷四）。沈德潜则推崇说："气象雄伟，笼盖宇宙，此杜诗之最上者。"

——杨人杰

注释

[1] 玉垒：山名，在今成都都江堰市境内。

[2] 北极：星名，北极星，古人常用以指代朝廷。意为中原皇朝乃北辰所居，不可动摇，西山盗寇休生非分之想。

[3] 西山：西边的山，亦即松、维、保等与吐蕃毗邻之地。寇盗：指吐蕃。

[4] 后主：刘禅，蜀国刘备之子。祠庙：此处"祠"为动词，作祭祠解。意为后主还享祭于庙。

[5] 梁甫吟：乐府《楚调曲》名。梁甫，一作梁父，山名，在泰山下。人死多葬此山，亦葬歌也。今所传古辞，写齐相晏婴以二桃杀三士，传为诸葛亮所作。李白、陆机也作有同名诗。

石犀

唐 岑参

江水初荡潏[1],蜀人几为鱼。
向无尔石犀[2],安得有邑居?
始知李太守[3],伯禹[4]亦不如。

这是一首具有浓郁古歌谣风味的古体诗,用浅白的语言歌颂了为民造福的治水英雄李冰。开篇短短两句,用夸张的手法描述在李冰治水前洪水横流,民生艰困之状。接着一问一答,人民的喜悦感激尽在其中。"伯禹亦不如",对李冰治水做了极高评价。诗的形式、语言、意象皆简单质朴,观此,可以想见久已失传的《击壤歌》,想见那个简单质朴的年代。

——周 菽

作者简介

岑参(约715年—770年),荆州江陵(现湖北江陵)人,太宗时功臣岑文本重孙。工诗,长于七言歌行,现存诗三百六十首。多边塞诗作,代表作是《白雪歌送武判官归京》。诗作风格与高适相近,后人多并称"高岑"。

注释

[1] 荡潏（jué）：摇荡奔涌。

[2] 石犀：李冰所造状如犀牛之石质镇水兽。

[3] 李太守：李冰，秦昭王时为蜀郡太守。《汉书·沟洫志》："蜀守李冰凿离堆，避沫水（今大渡河）之害，穿二江成都中，此渠皆可行舟，有余则用溉，百姓飨其利。"

[4] 伯禹：即治水的大禹。

晦日益州北池陪宴 唐 司空曙

临泛从公日，仙舟翠幕张[1]。

七桥通碧沼，双树接花塘。

玉烛收寒气[2]，金波[3]隐夕光。

野闻歌管思，水静绮罗香。

游骑萦林远[4]，飞桡截岸长。

郊原怀灞浐[5]，陂瀯写江潢[6]。

常侍传花诏[7]，偏裨问羽觞[8]。

岂令南岘首[9]，千载播余芳。

    诗人出席陪韦皋泛舟游北池之时，船上翠幕已张。泛舟碧水，过七桥，观双树，金波隐夕，野处传来歌管之音，引起一番思绪。近处水静，可闻妇女衣饰之香。则船上有歌伎也。岸上护卫的骑兵经绕着树林巡逻至远处，飞舟也离岸较远。人虽在成都郊原，心却想着长安之灞、浐二水（亦长安游历名胜）。常侍传花绫诏书，一个小官员问酒杯在何处（意要祝酒庆贺）？韦大人您的功绩何逊于晋之羊祜，岂能令其经常游憩之岘首独专美于前，流芳千载哩！

诗以排律写泛舟陪宴，语言清丽，比兴得当，述事流畅，对仗工稳，不失当年才子之誉。

——杨人杰　何焱林

作者简介

司空曙（720年—790年），字文明，一字文初。广平（今河北永年）人，一说京兆（今陕西西安）人。安史乱后，避难居江南。后登进士第，官主簿。大历末年，自左拾遗贬长林丞。贞元初佐剑南西川节度使韦皋幕，检校水部郎中。官终虞部郎中。乃卢纶表兄，与纶同为"大历十才子"之一。有《司空曙诗集》二卷。《全唐诗》编诗二卷。

注释

[1] 仙舟：舟船的美称。翠幕：翠色的帷幕。

[2] 玉烛：四时合气，温润朗照。《尔雅·释天》："春为青阳、夏为朱明、秋为白藏、冬为玄英，四气和谓之玉烛。"此句意为旧岁已除，寒气已收，春回大地。

[3] 金波：指北池水面，夕阳斜照，溶漾如金。

[4] 游骑：巡逻突击之骑兵。此句意为护卫诸大人在此宴乐之巡逻骑兵，萦林远，由近及远，绕着树林巡逻。

[5] 灞浐：灞河、浐河，在陕西，亦为秦中游览胜地。

[6] 陂（bēi）：池塘。溠（zhà）：水弯。陂溠：指北池。写：同泻，此处作输送解。江潢（huáng）：泛指江水、池水。此句意为北池之水引自江水，他池之水。

[7] 常侍：中常侍或散骑常侍。秦汉时期为宦官所任，魏晋以下多为士人所任。此指时任剑南节度使之韦皋。花诏：古代赐爵或授官的诏令；多用花色绫纸书写，套以锦袋。此句意为朝廷对韦皋有封赏。

[8] 偏裨：副职，辅助人员。羽觞：古时爵形酒杯，有头尾，有羽

翼，多为铜制。

［9］南岘（xiàn）首：今湖北襄阳岘山，亦称岘首山。晋人羊祜[hù]都督荆州诸军事，有政绩，常在此游憩。《晋书·羊祜传》："襄阳百姓于岘山祜平生游憩之所建碑立庙。"观其碑者多哭泣流涕，杜预称之堕泪碑。

送何兆下第还蜀

唐 李端

重江不可涉[1]，孤客莫晨装[2]。
高木杪[3]城小，残星栈道长。
袅猿[4]枫子落，过雨荔枝香。
劝尔成都住，文翁有草堂。

诗写蜀人何兆京试下第回家。诗人叮嘱他不要冒险涉水过河，单独一人不要走得过早。沿途树高、林茂、城小、栈道却很长。途中有猿猴戏树而落下枫子，下雨过后有荔枝飘香。诗人劝他到蜀后，最好是住在成都，因为那里有文翁草堂。

全诗语意明白，文辞精炼，表现了诗人对友人下第后关怀备至的殷殷之情。

——杨人杰

作者简介

李端(743年—785年),赵州(今河北兆县)人。李嘉祐从侄。大历五年(770年)登进士第,历秘书省校书郎、杭州司马。晚年隐居湖南衡岳,自号"衡岳幽人"。为诗工捷,为"大历十才子"之一。有《李端诗集》三卷。

注释

[1] 重江:两江或多江。涉:陡涉。

[2] 晨装:黎明即起,束装上路。

[3] 桫:树名。《齐民要术》卷十引《广志》:莎树多枝叶,叶两边行列,若飞鸟之翼。

[4] 袅猿:灵活的猿猴,亦指猿猴跳动。

偶宴西蜀摩诃池[1]

唐 畅当

珍木郁清池,风荷左右披。
浅舫宁及醉,慢舸不知移。
阴簟[2]流光冷,凝簪照影欹。
胡为独羁者,雪涕向涟漪?

  诗写作者与友人偶然宴饮于成都摩诃池。摩诃池水清木秀,郁郁葱葱,荷花在风中左右摇动。面对这样的美景,不饮酒的人宁愿少喝一点,微有醉意即可。池中小船慢行得像未移动一样。岸边高大的竹子遮挡了阳光,觉得有冷意。用来固定发髻的簪子在光影中显得欹斜。末句感慨说,我为什么一个人还羁留在这里,流涕对着这一湖晴波?

  作者描写了宴饮、游池的光景与感受,有景有情,令人遐想。

——杨人杰

作者简介

畅当,生卒年不详。河东(今山西永济)人。大历七年(772年)进士第。大历十三年(778年)左右授校书郎。建中末以世家子弟被召参军。贞元初,为太常博士,后归隐,终为果州刺史。当有诗名,与韦应物、卢纶、李端、司空曙等交游唱和。有《畅当诗》二卷,已佚。《全唐诗》存诗十七首。

注释

[1] 摩诃(hē)池:位于成都,始于隋朝。据载,隋开皇二年(583年),益州刺史杨秀镇蜀,展筑成都子城,因取土成坑,蓄水为池。适遇一胡僧见此,曰:"摩诃宫毗罗"。胡人语"摩诃"为大,"宫毗罗"为龙,言池大有龙,故名摩诃池。初期约有500亩,后历经改扩建引水,至唐时已是碧波荡漾,风景宜人之游览胜地。池边建有散花楼等。杜甫、陆游等文人雅士多有游迹或题咏。唐后期池面开始缩小,两宋间水源逐渐枯竭,池亦逐渐被填。

[2] 荫:树荫,遮蔽。箪:竹名。意为高大的竹荫遮蔽。

和武相公[1]中秋锦楼玩月（得前字[2]、秋字二篇）

唐 崔备

清景同千里，寒光尽一年[3]。
竟天[4]多雁过，通夕少人眠。
照别江楼上，添愁野帐前。
隋侯恩[5]未报，犹有夜珠[6]圆。

四时皆有月，一夜独当秋。
照耀初含露，裴回[7]正满楼。
遥连雪山[8]净，迥入锦江流[9]。
愿以清光末，年年许从游。

两诗描写中秋之夜陪同上司武相公赏月（古人称"赏月"为"玩月"），拈韵唱和，饮酒赋诗的情景。应酬之作，易蹈泛泛之境，诗人却将其写得情趣盎然，饶有诗情。

第一首诗首联道出明月当空，清光照耀千里，不觉感叹一年的时光又快要过去。中二联触景生情。诗人在白天看到空中不断地有雁群飞过，入夜多人聚在一起赏月，通宵不眠。明月照耀着江边的楼台亭阁，照耀着野外搭设的帐篷，对此情景诗人心中不免泛起乡愁。尾联将主持赏月酒宴的武相公比为古代的隋侯，诗人在武相公帐下供职，不免要说几句感恩恭维的话语："隋侯恩未报，犹有夜珠圆。"心中不免有几分歉然！

第二首诗实是第一首诗的延续。全诗作景语，前三联围绕中秋之夜的明月着墨，虽然一年四时都有月，但是中秋之月就是不同。由于中秋之后天气渐凉，四野开始出现露珠，在月光照耀下，露珠晶莹闪亮。诗人绕楼徘徊，联想到皎洁的月光，同时也映照着远处一尘不染的雪山；月光从遥远的天际，洒满静静流淌着的锦江。通过细心地观察，诗人由远及近，由高及低，把中秋夜景勾画得十分到家，耐人寻味。尾联乃诗人这两首诗主旨所在，十个字含蓄地表达出诗人愿意在武相公帐下继续供职效力的愿望。第二首诗表明诗人作诗的地点是在成都的锦江边。

——殷明辉

作者简介

崔备（747年—816年），字顺之，许州（今河南许昌）人。唐德宗建中二年（781年）辛酉科榜进士。崔备及第后曾任工部尚书。唐宪宗元和六年（811年），任礼部员外郎时，因礼节过失被罚俸。崔备游宦西川多年，为武元衡属下官吏。

注释

[1] 武相公：指武元衡。崔备时为西川度支判官，武元衡僚属。

[2] 得前字：古代一种诗歌游戏，通常指定某物或某字作为诗作韵脚。

[3] 寒光：指中秋月光。尽一年：过一年也，又是一年中秋也。

[4] 竟天：整天，终日。

[5] 隋侯恩：晋干宝《搜神记》卷二十："隋县溠水侧，有断蛇丘，隋侯出行，见大蛇被伤中断，疑其灵异，使人以药封之，蛇乃能走，因号其处'断蛇

丘'。岁余，蛇衔明珠以报之。"隋侯恩指此。

[6] 夜珠：即灵蛇珠。"珠盈径寸，纯白，而夜有光明，如月之照，可以烛室。"故称夜珠。战国时已有"和璧隋珠"之说。

[7] 裴回：一作徘徊。

[8] 雪山：指成都西岭雪山。

[9] 迥：远。

八月十五夜与诸公锦楼望月

（得中字）

唐 武元衡

玉轮初满空，迥出锦城东。
相向秦楼镜[1]，分飞碣石[2]鸿。
桂香随窈窕[3]，珠缀隔玲珑。
不及前秋月，圆辉凤沼[4]中。

诗约写于元和八年（813年）中秋，诗人与友人柳公绰等登楼赏月，分韵题诗。首联说像玉一样的圆月从城东升在空中。颔联说月像秦楼镜那样很大，很明亮，能照见人的一切。这里意指大家都心迹明净。但人却像碣石之鸿雁一样要各自分飞，暗示他即将离开成都就任相职。颈联说桂花的香气在这月夜中显得很幽深；隔着珠帘的月色还是很空明、透彻的。尾联说今年月虽好，但不及前秋宫苑池沼（凤凰池）中的月色圆辉。

诗当写于他受相职即将离开成都时。因分韵得中字，故以"不及前秋月，圆辉凤沼中"作结。

——杨人杰

作者简介

武元衡（758年—815年），字伯苍，河南缑氏（今河南偃师东南）人。武则天曾侄孙。建中四年（783年）登进士第。贞元中，历监察御史等。贞元末，迁御史中丞。永贞中，贬右庶子，复为御史中丞。元和二年（807年）正月，自户部侍郎拜门下侍郎、平章事。十月授剑南西川节度使。元和八年（813年），复征为相。元和十年（815年）六月，因力主对藩镇用兵，被藩镇遣刺客杀害。工五言诗，当世流传，往往被于管弦。有《武元衡集》十卷，已佚。《全唐诗》存诗二卷。

注释

[1] 秦楼镜：《西京杂记》："咸阳宫有方镜，广四尺，高五尺九寸，表里有明。人直来照之，影则倒之。以手扪心而来，则见肠胃丑脏，历然无碍。人有疾病在内，则掩心而照之，则知病之所在。又女子有邪心，则胆张心动。始皇常以照宫人，胆张心动则杀之。"

[2] 碣石：碣石山余脉柱状石亦称碣石。在今河北省昌黎县北。

[3] 窈窕：幽深的样子。

[4] 凤沼：凤池，凤凰池的简称。魏晋时，中书省设在宫中，称为凤凰池。

摩诃池宴 唐 武元衡

摩诃池上春光早,爱水看花日日来。
秾李雪开歌扇掩,绿杨风动舞腰回。
芜台[1]事往空留恨,金谷[2]时危悟惜才。
昼短欲将清夜继,西园自有月裴回。

摩诃池筑于隋开皇二年(582年),为益州刺史杨秀筑成都子城取土而遗下之大池,至唐即为春游胜地。此诗是诗人春天宴客于摩诃池乘兴所作,从侧面反映了当时社会的奢华,歌舞升平、日以继夜,但也寄托着诗人有盛极而衰的担忧。诗的风格浑厚沉郁,柔中见刚,大有言已尽意无穷之感。

——洪君默

注释

[1] 芜台:广陵别称,因战乱残破;鲍照曾作《芜城赋》状其荒凉,因得名。

[2] 金谷:晋石崇在洛阳筑金谷园,穷极奢侈,比况隋蜀王宫苑。

和武相锦楼玩月（得浓字）

唐 柳公绰

此夜年年月，偏宜此地逢。

近看江水浅，遥辨雪山重。

万井金花肃[1]，千林玉露[2]浓。

不唯楼上思，飞盖[3]亦陪从。

诗约写于元和八年（813年）中秋，与武元衡等诸友人锦楼赏月，分韵题诗。首联说，今夜（中秋）的月年年都有，但今晚在此相逢是最适宜的。为什么呢？颔联说，在月色下近看江水很浅，暗示水清月明。向远方仔细看，雪山一重重的。颈联说，近处，万户人家错落有致，月光下闪闪熠熠，井然有如金花肃列，远处丰茂的林木在秋夜里，已经玉露成珠。尾联说，这不是我一人在楼上想的,还有那有篷的车也驱驰来了。暗示其他诸公也在那里。作品语意流畅,用一近一远的景观描写月色下的观感,并押得浓字,玩得尽兴。

——杨人杰

作者简介

柳公绰(768年—832年),字宽,小字起之,京兆华原(今陕西耀县)人。柳公权之兄。贞元元年(785年)登贤良方正、直言极谏科,授秘书省校书郎。四年再登是科,授渭南尉。元和二年(807年)为西川营田副使兼成都少尹,后历兵部尚书等。家富藏书,工翰墨,属文典正,不尚浮靡。《全唐诗》存诗三首。

注释

[1] 万井:古代以地方一里为一井,"万井"引申为千家万户。金花:本指金黄艳丽,不易败落之花。此处指月下房舍布列肃穆如金花,或亦指菊花。

[2] 玉露:指露珠莹润如玉,尤指秋日晨露。

[3] 飞盖:盖指车盖,"飞盖"指飞速疾驰之车。

寄蜀中薛涛校书

唐 王建

万里桥边女校书,枇杷花里闭门居。
扫眉才子知多少[1],管领春风总不如[2]。

  诗首句交待所写之人(薛涛)及其住址,说她住在成都万里桥边。第二句说她家门外有很多枇杷树,开花时她也常闭门居住。第三、四句说,像她这样有才华的女子现在不论还有多少,但风流蕴藉,春风词笔,能独领风骚者,总不如她。全诗对薛涛的才学做了较高的评价。

  ——杨人杰

作者简介

王建(766年—832年),字仲初,颍川(今河南许昌)人。贞元初,往山东求学,与张籍同窗数年。曾任昭应县丞、太常寺丞等职。与白居易、刘禹锡、韩愈等诗人交往。与张籍皆擅长乐府,世称"张王乐府"。有《王建集》八卷(或十卷)。《全唐诗》存诗六卷。

注释

[1] 扫眉:画眉。扫眉才子:指有才学的女人。这是诗人对有才学女子创造的新词汇。

[2] 管领春风:指独领风骚。

成都曲

唐 张籍

锦江近西烟水绿[1],新雨山头荔枝熟。
万里桥[2]边多酒家,游人爱向谁家宿?

  诗为张籍游成都时写。通过描写锦江风物和市井繁华,表达了诗人对成都赞美之情。诗不拘平仄,故以乐府"曲"称之,风格近竹枝词。诗前两句写顺着锦江西望见的美景:新雨初霁,江波泛绿,山头荔枝初熟,景色诱人。锦江历来是繁华宴游之区。万里桥一带更是酒旗飞舞的繁华之区,游人可以随意选择投宿之所。后两句韵味深长,使人十分向往这个美好地方,乐不思归。

——殷明辉

作者简介

  张籍(约767年—约830年),唐代诗人,字文昌,和州乌江(今安徽和县)人,祖籍苏州吴郡(今江苏苏州)。其先世移居和州,遂为和州乌江(今安徽和县乌江镇)人。世称"张水部""张司业"。张籍的乐府诗与王建齐名,并称"张王乐府"。著名诗篇有《塞下曲》《征妇怨》《采莲曲》《江南曲》等，有诗文542篇传世。

注释

[1] 锦江：古流经成都市之河流水清，杂质少，濯锦其中色泽鲜亮，织锦工多在江中濯锦，故名濯锦江，简称锦江。烟水：雾霭迷蒙的江面。

[2] 万里桥：桥名，在成都城南。

送客游蜀 唐 张籍

行尽青山到益州[1],锦城楼下二江流[2]。
杜家[3]曾向此中住,为到浣花溪[4]水头。

诗写送别,送客人游蜀地,自然想到向客人介绍当地风土人情。诗首二句说,越过崇山峻岭后,就到了古称益州的成都平原。登锦城楼即可以看两条江经无数楼阁绕城而流。第三、四句介绍诗圣杜甫曾在成都住过,要到杜家草堂,就要到杜诗所说的"浣花溪水水西头"去了。此诗通俗,自然流畅。

——李芸德

注释

[1] 益州:四川古为益州,汉武帝设的十三州之一。东汉时州治迁成都,故益州也是成都别名。天宝元年(742年)改州为郡,益州改为蜀郡,益州遂除。张籍所用乃旧称。

[2] 锦城:成都。三国蜀汉在成都设锦官城,以集中织锦工匠,管理制锦而得名。二江:岷江流经成都市区的两条

河流，即锦江上游两条支流，府河（郫江）与南河（流江）。二河在成都合江亭处汇合，再南流经乐山、宜宾入长江。

［3］杜家：指杜甫家。

［4］浣花溪：成都西南的一条河，锦江支流。

浣花亭陪川主王播相公暨僚同赋早菊

唐 薛涛

西陆行终令[1]，东篱始再阳[2]。

绿英初濯露，金蕊半含霜。

自有兼材[3]用，那同众草芳。

献酬樽俎[4]外，宁有惧豺狼？

> 诗人在浣花亭陪客饮酒时所作，侧面体现浣花亭的美景，兼以菊花傲霜的本质来形容王播刚直不阿的个性，道出其与众不同的人生观。"宁有惧豺狼"以反问的口气收尾，让读者慢慢咀嚼。
>
> ——洪君默

作者简介

薛涛(约768年—832年),唐代女诗人、名妓,字洪度,一作宏度,长安(今陕西西安)人。

注释

[1] 西陆:指代秋天。行终令:行,将要;终令,终其节令。即秋季将终。

[2] 东篱:东边之竹篱;陶潜后,多用以代指菊圃。始再阳:四季轮回之意,此处代指菊花盛开的时间又到了。

[3] 兼材:兼擅之材,指菊悦目可赏,亦可为饮料,可入药。

[4] 樽俎:同"尊""俎"。古代盛酒肉的器皿,樽以盛酒,俎以盛肉。后来常用作宴席的代称。

诸葛丞相庙 [1]

— 唐 武少仪

执简[2]焚香入庙门，武侯神象俨如存。
因机定蜀延衰汉，从计连吴振弱孙。
欲尽智能倾僭盗[3]，善持忠节转庸昏。
宣王请战贻巾帼[4]，始见才吞亦气吞。

  诗对诸葛亮一生人品行事做了高度概括和称颂！首联叙述作者怀着端庄肃穆的神情，执简焚香，前去拜谒诸葛丞相庙，他看见栩栩如生的武侯神像后，觉得诸葛丞相好像依然活在凹间。本诗以议论为主，中二联高度肯定诸葛亮协助先主平定西蜀，建立蜀汉政权，延续汉祚的历史功绩；进而又制定了联吴抗魏的政策，同曹魏相比，东吴孙权明显居于弱势地位；诸葛武侯运用非凡的智慧和胆略，其最终目的，是要倾覆盗取汉家天下的曹魏政权；另一方面，诸葛亮还要在先主去世之后，鞠躬尽瘁，忠诚不二地辅助庸主刘禅，以期早日完成兴汉灭魏的大业。尾联运用五丈原两军对峙，司马懿坚守不出，诸葛亮遣人制作妇人衣冠赠送给司马懿的典故，此举意欲激怒对方出战。末句作者赞赏诸葛亮在才能与气度上皆可雄吞司马懿。

——殷明辉

作者简介

　　武少仪，生卒年不详，唐代陵川人。自幼天资颖悟，聪明过人，每日能记诵数千言。因此学识渊博，尤其擅长诗赋。传世作品有诗《古贤寺》《和权载之离合诗》以及这首《诸葛丞相庙》等。另有文一篇《移丹河记》，余皆散佚。他在唐宪宗时，以太常卿身份出使南诏，充任册立及吊祭使，祭奠异牟寻并册封寻阁劝为南诏王。

注释

　　[1] 诸葛丞相庙：位于成都城南。

　　[2] 执简：手持简册，后指任史官、御史之职。

　　[3] 僭盗：超越本分而盗取的地位或名分。此指曹丕篡汉自立。

　　[4] 宣王：指司马懿。其孙晋武帝司马炎登基后，追谥司马懿为宣帝。请战贻巾帼：诸葛亮与司马懿各率军对峙于五丈原，司马懿坚守不战。

竹 枝[1]（九首选一）

—— 唐 刘禹锡

日出三竿春雾消，江头蜀客驻兰桡[2]。
凭寄狂夫书一纸，家住成都万里桥[3]。

刘禹锡任夔州刺史时，见当地人联唱《竹枝》歌谣，笛鼓伴奏，边歌边舞。其声调合乎黄钟宫的羽调，曲词宛转优美，他依声作十多首《竹枝词》咏三峡风光，风土人情，男女爱情等，别具一格。任二北（半塘）教授说："至中唐，得刘禹锡之倡导，声文并茂，媲美于屈原《九歌》，于民歌中，所处最高。"（任二北《竹枝考》）

——李芸德

作者简介

刘禹锡（772年—842年），字梦得，号庐山人，别称刘宾客，洛阳（今属河南）人。唐代文学家、哲学家、诗人。贞元进士，又登博学鸿词科授监察御史。政治上主张革新，参与王叔文革新活动。王叔文败，刘禹锡被贬朗州司马，又转夔、和等地刺史。官终检校礼部尚书兼太子宾客。刘禹锡善诗文，诗多托讽幽远。其学民歌依声作《竹枝词》，清新活泼，有浓郁生活气息。把民歌演变为一种文人诗体，在诗史上独树一帜，对后世影响深远。诗与白居易齐名。其哲学著作《天论》三篇，有《刘梦得文集》。《全唐诗》存其诗十二卷。

注释

[1] 竹枝即竹枝词，是巴渝（今重庆市）民歌的一种。联唱时，吹短笛击鼓伴奏，歌者扬袂起舞。歌词为七言四句，异于七绝。

[2] 兰桡：兰木做的船桨，此为船美称。

[3] 万里桥：成都市老南门大桥。三国时，蜀汉丞相诸葛亮曾在此设宴，送费祎出使东吴。费祎曰："万里之行，始于此桥。"由此得桥名。

题武担寺[1]西台

——唐 段文昌

秋天如镜空，楼阁尽玲珑。
水暗余霞外，山明落照中。
鸟行看渐远，松韵听难穷。
今日登临意，多欢语笑同。

此诗记游。诗人游成都武担寺西台后作。诗首句点明时令，是秋季，是一个秋高气爽、天空如镜的秋日，正适宜出游。第二句写远远就望见武担寺的楼台亭阁，其布局、结构、造型十分精美巧妙。第二、三联，说明游览时已近黄昏，晚霞投射的影子把池水遮暗了，夕阳余晖照山犹明。天上鸟儿越飞越远，急着归巢，松涛声悠扬婉转，久久萦绕耳畔。尾联写此游尽兴，一路欢声笑语不绝。暗示还有他人同游。

——李芸德

作者简介

段文昌(773年—835年),字墨卿,一字景初,唐朝宰相。两次任西川节度使,在任上去世。《全唐诗》存诗四首。宪宗元和十四年(819年),诏令段文昌重撰《平淮西碑》,以代韩愈所撰碑词。宋代汝南太守命人磨去段文,又重新刻上韩文,一块石碑,两篇碑文引来千年争议。

注释

[1] 武担寺:武担山位于成都市区内,是成都市文物保护单位。相传二千七百余年前,古蜀国丛帝开明王妃病故,丛帝派五名壮丁,去爱妃的故乡武都担土回成都作冢。后世把这座坟冢称为武担山,因有石为镜表其墓,故又叫石镜山。山上建有寺庙,名武担寺,元、明后渐废。由于武担山独特的历史地位,因此古来都是文人墨客咏吟作赋的对象。

送马向游蜀

唐 徐凝

游子去咸京[1],巴山[2]万里程。
白云连鸟道[3],青壁[4]递猿声[5]。
雨雪经泥坂[6],烟花望锦城[7]。
工文[8]人共许,应记蜀中行。

诗首句点题,直书友人马上要离开长安,去万里之遥的"巴山"。第二句述说巴蜀风光。描写巴山雄奇嵯峨,只有飞鸟能过的危险山路,盘旋穿空,与白云相连;丛木藤蔓沿崖漫延,峭壁一片青苍,攀跃的野猿呼叫不绝。第三句写气候景观。"雨雪"道出蜀地虽处温带,但夏有豪雨,冬有暴雪。锦城却得天独厚,繁花似锦,"烟花"则展示锦城的富饶美丽。末句转结:人皆赞许你擅写文章,应当把蜀中所见所闻记载下来。

——李芸德

作者简介

徐凝,生卒年不详,睦州分水(今浙江桐庐西北)人。初游长安,因不愿炫耀才华,没有拜谒诸显贵,竟不成名。后以布衣终身。有《徐凝诗》一卷,《全唐诗》存其诗一卷。

注释

[1] 咸京:原指秦京咸阳,后人借指长安。

[2] 巴山:蜀地山名,代指蜀地。

[3] 鸟道:谓险绝的山路,仅通飞鸟。

[4] 青壁:青山或青山壁。

[5] 递:远。

[6] 泥坂:泥土山坡。

[7] 锦城:成都。三国蜀汉在成都设锦官城,以集中织锦工匠,管理制锦而得名。

[8] 工文:擅长写文章。

送雍陶[1]游蜀

唐 姚合

春色三千里,愁人意未开。
木梢穿栈出,雨势隔江来。
荒馆因花宿,深山羡客回。
相如[2]何物在?应只有琴台。

  雍陶离京赴任前,登门向姚合告别、讨教,姚合赋诗慰勉。首联说虽回蜀路途遥远,但际此春光明媚,此去前路光明,不要顾虑重重。你不是下于幽谷,而是迁于乔木。颈联说你在京城住久了,不要嫌弃设备简陋的馆舍,庭院中有花草就可以住宿。山民忆起当年你出川科考,今得功名,以州官身份回来,一定会热情接待。尾联说相如业绩,今剩琴台,不能掉以轻心,一定要做出政绩。诗人期望,尽在诗中!

——温廷赞

作者简介

姚合(约779年—约855年),陕州(今河南陕县)人,唐宪宗元和进士。

注释

[1] 雍陶:字国钧,成都人,晚唐诗人。生卒年不详,工词赋。主要作品有《题君山》《城西访友人别墅》等。

[2] 相如:司马相如,西汉辞赋大家,成都人。

散花楼

唐 张祜

锦江城外锦城头,回望秦川上轸忧[1]。
正值血魂来梦里,杜鹃声在散花楼。

诗借楼以抒发忧国之情,托意深远。兴亡之慨,都在杜鹃一语。

——温廷赞

作者简介

张祜(hù)(785年—849年),字承吉,唐代清河(今河北省清河县)人,以《宫词》闻名。尝客淮南,筑室种植而家。

注释

[1] 轸(zhěn)忧:悲痛忧愁,指宦官专权、藩镇割据和外患不断。

蜀国弦[1]

唐　李贺

枫香[2]晚花静，锦水[3]南山影。
惊石坠猿哀[4]，竹云愁半岭[5]。
凉月生秋浦[6]，玉沙粼粼[7]光。
谁家红泪[8]客，不忍过瞿塘[9]？

第一句，从视觉、嗅觉着笔写景，傍晚锦江边枫树清香，野花恬静；清澈如镜的锦水，倒映出南山的影子。第二句写山景，惊石坠而山猿哀，竹云愁而人半岭。第三句写傍晚秋日水滨，凉月缓缓升起，江岸白沙粼粼。诗的情调转而轻快柔和。有前面文字铺垫，自然转到写人，尾联不知谁家女子不愿越过"西蜀门户"瞿塘峡，哀伤哭泣泪血，以问作结，饶有余味。

——李芸德

作者简介

李贺(790年—816年),字长吉,唐代河南福昌(今河南宜阳西)昌谷人,后世亦称李昌谷。只做过奉礼郎,一生潦倒,郁郁而终,卒年27岁。他弱冠即工诗,长于乐府歌行。诗尚奇诡,极富浪漫气息。后人称"诗鬼",与李白、李商隐并称唐代"三李"。诗四卷,外集一卷。《全唐诗》存其诗五卷。

注释

[1] 蜀国弦:乐府古题相和歌辞名,又名《蜀国四弦》《四弦曲》。《晋书·乐志》:"相和,汉旧歌也,丝竹更相和,执节者歌。"

[2] 枫香:枫树脂之香味。

[3] 锦水:即锦江,流经成都。《华阳国志》:"成都道西城,故锦宫也。织锦则濯于江流,故曰锦水。"

[4] 惊石:危险骇人的山石。坠猿哀:化用杜甫《泥工山》"哀猿透却坠"之意。坠,一作"堕"。

[5] 竹云:一作"行云"。

[6] 秋浦:秋日的水滨。

[7] 粼粼:从秋浦看,当指岸边沙砾洁白,粼粼有光。

[8] 红泪:王子年《拾遗记》,魏时女子薛灵芸不舍和父母分别而哭泣,路途中用玉壶盛泪,泪成红色,到京师时壶中泪凝如血。后称美女眼泪为"红泪"。

[9] 瞿塘:即瞿塘峡,长江三峡之一,今在重庆市。危崖峭立,江流湍急,号称西蜀门户。

经杜甫旧宅

唐 雍陶

浣花溪[1]里花多处,为忆先生在蜀时。
万古只应留旧宅,千金无复换新诗。
沙崩水槛鸥飞尽,树压村桥马过迟。
山月不知人事变,夜来江上与谁期?

　　作者有幸见到杜甫旧宅,杜甫生前颠沛流离,但旧宅无恙,不禁感慨系之。杜诗被誉为史诗,在其中写下不朽名篇的旧宅当与诗长留。斯人已逝,虽千金不复能再买到杜公新诗。水槛沙崩,鸥飞不再;树压村桥,马过犹迟;人去宅荒,萧瑟落寞。山月不知人世已非,依然信守不渝,年年月月,如期临江,伊人已去,它与谁有约呢?

——温廷赞

作者简介

　　雍陶(805年—?),字国钧,成都人。唐文宗大和进士,历任侍御史、国子监毛诗博士、简州刺史。与张籍、王建、贾岛、姚合等过从甚密。诗多旅游之作,律诗语言精炼,工于对仗。

注释

［1］浣花溪：在成都之西，流经杜甫草堂，为古今著名之自然、人文游览胜地。传因浣衣女为僧人洗衲衣而溪泛莲花得名。

锦城曲 唐 温庭筠

蜀山攒黛[1]留晴雪,篸[2]笋蕨芽紫九折。
江风吹巧剪霞绡,花上千枝杜鹃血。
杜鹃飞入岩下丛,夜叫思归山月中。
巴水漾情情不尽,文君织得春机红。
怨魄未归芳草死,江头学种相思子[3]。
树成寄与望乡人,白帝荒城[4]五千里。

唐文宗大和三年,南诏攻陷成都,虏掠妇女工伎数万人而南,至大渡河畔,被掳妇女不堪折磨,赴水死者十之三。一年后,南诏再度入侵,西川节度使已换为李德裕,南诏未能得逞,被李德裕索回俘虏四千人。温庭筠的《锦城曲》着力刻画了兵灾之后,蜀锦这种传统手工业的逐渐恢复。首联描写锦缎上织出的景色和图案。次联写见到织女们在江边濯锦。第三联说被掳妇女,宛如化成杜鹃鸟一样,"思归"是杜鹃的叫声,山遥路远,身不由己,思乡之情,反侧不能入梦!第四联写那些侥幸未被抓走的织女们,思念流离异乡的姊妹,思念之情永远荡漾不走,织机上的红锦便是她们的血泪。第五联写那些被抓走的女子,可怜得像草一样,青春年少就被折磨而死,诗人想到要学种红豆树,以便把红豆寄给她们,以慰藉长日的思乡之情。尾联中,种树寄子只是诗人的一种美好愿望而已,与其说是想安慰别人,毋宁说是想托此以自慰。

——温廷赞

作者简介

温庭筠(约812年—866年),本名岐,艺名庭筠,字飞卿,汉族,唐并州祁县(今山西省晋中市祁县)人。唐初宰相温彦博之后。文思敏捷,每入试,押官韵,八叉手而成八韵,有"温八叉"之称。工诗,与李商隐齐名,时称"温李"。在词史上,与韦庄齐名,并称"温韦"。

注释

[1] 攒黛:攒,聚也;犹凝翠。

[2] 簝(liáo):竹之一种,叶宽大,称簝叶,多用其制斗笠,故斗笠俗称簝叶壳;亦用于包粽子。

[3] 相思子:别称红豆,藤本植物。人以其寄托相思。

[4] 白帝城:白帝城位于重庆市奉节县瞿塘峡口长江北岸,奉节东白帝山上,原名"子阳城",西汉末年割据蜀地的公孙述所建,述自号白帝,故名城为"白帝城"。

武侯庙古柏

唐 李商隐

蜀相阶前柏，龙蛇捧閟宫[1]。
阴成外江畔[2]，老向惠陵东[3]。
大树思冯异[4]，甘棠忆召公[5]。
叶凋湘燕雨[6]，枝拆海鹏风[7]。
玉垒经纶远[8]，金刀历数终[9]。
谁将出师表，一为问昭融[10]？

  丞相祠堂前有两颗古柏，据说是昔年诸葛亮手植。李商隐诗中因柏及人，反复赞叹斯人高风亮节。"谁将出师表，一为问昭融？"此二句是作者表露深切的同情，因为古人认为事由天定，非人力所能左右的。但历史是无情的，苍天是空幻的，它能够回答吗？

——温廷赞

作者简介

  李商隐（约813年—858年），字义山，号玉溪生，又号樊南生，祖籍怀州河内（今河南焦作沁阳）人。唐文宗开成进士。曾任秘书省校书郎、弘农尉等职。因卷入"牛李党争"备受排挤，一生不得志。

注释

[1] 龙蛇：此言老柏姿态，屈曲纠结，若龙蛇盘绕。閟宫：古指神庙，亦泛指祠堂。

[2] 阴：指柏林成阴，庇护风水。外江：沱江以及其支流湔江称外江，郫江称内江。湔江是成都平原西北山区的一条重要河流，马毗河汇合称为沱江。

[3] 惠陵：刘备墓，在成都武侯祠侧。

[4] 冯异：汉光武帝的战将，曾多次讨灭乱贼，屡建战功。诸将并坐论功，冯异独坐树下，人称"大树将军"。思冯异：想起诸葛亮立下的战功。

[5] 甘棠：《诗经·国风·召南》中有《甘棠》一诗，诗的内容为歌颂召公的德政。召公：指召穆公虎。忆召公：想起诸葛亮施行的德政。

[6] 湘燕雨：零陵（在湖南境内）山上有石燕，有风雨则飞舞如燕，雨止则仍化为石。

[7] 海鹏风：狂风，足以托起鹏鸟之风。

[8] 玉垒：山名，在都江堰西北。

[9] 金刀："劉"字由卯、金、刀组成，暗指刘姓天下。

[10] 昭融：指在上位者昭明和融，政通人和。

魏城[1]逢故人

唐 罗隐

一年两度锦江游,前值东风后值秋。
芳草有情皆碍马,好云无处不遮楼。
山牵别恨和肠断,水带离声入梦流。
今日因君试回首,淡烟乔木隔绵州[2]。

《魏城逢故人》,一名《绵谷回寄蔡氏昆仲》。首联写明一年之中两次游览风光旖丽的锦江,字里行间流露出一种喜悦之情。颔、颈联借景寄情,叙述告别锦江后的离愁别绪,极言羁旅行役之不易,寄托对蔡氏兄弟的友情及对他们的思念。尾联归结到因寄书给蔡氏兄弟,再度抒发对锦江的留恋之情。全诗借景生情,情景交融。

——殷明辉

作者简介

罗隐（833年—909年），字昭谏，杭州新城（今浙江杭州市富阳区）人，晚唐著名诗人。应进士第，屡试不第。咸通八年（867年）自编其文为《谗书》，益为朝廷所恶。其后断续应试，仍不第，史称"十上不第"。黄巢起义后，避乱隐居九华山，至55岁时返乡往依吴越王钱镠，颇受知遇，历任钱塘令、司勋郎中、给事中等官职。罗隐著作颇丰，为晚唐大家，有诗文501篇传世。

注释

[1] 魏城：地名，在绵阳市北面，位于绵阳至梓潼之间，距绵阳市区15公里，距梓潼17公里。

[2] 绵州：地名，今四川绵阳。

金牛驿

唐 胡曾

山岭千重拥蜀门,成都别是一乾坤。
五丁不凿金牛路[1],秦惠[2]何由得并吞?

诗人意,剑关栈道,巫峡巴山,皆蜀门户。但成都沃野千里,平畴广袤,河渠密布,桑田秩秩,别是一种天地。若蜀王不贪图金钱美女,不令五丁开凿蜀道,秦惠王又何能吞并蜀国?诗人爱惜成都,梦想在"山岭千重"呵护之下永保无虞,仁者之心,何可厚非!

——周啓

作者简介

胡曾,生卒年、字号不详,邵阳(今属湖南)人,爱好游历。咸通中,举进士不第,滞留长安。咸通十二年(871年),路岩为剑南西川节度使,召其为掌书记。乾符元年(874年),复为剑南西川节度使高骈掌书记。乾符五年(878年),高骈徙荆南节度使,又从赴荆南,后终老故乡。

注释

[1] 金牛路：两千多年前巴蜀地区通往中原的重要道路。它南起成都，经广元而出，直通八百里秦川。

[2] 秦惠：即秦惠王，一称秦惠文王。秦惠王将金牛赠送给蜀王，秦人率师随后，蜀国灭亡。

蜀中（三首） 唐 郑谷

马头春向鹿头关[1]，远树平芜一望闲。
雪下文君沽酒市，云藏李白读书山[2]。
江楼客恨黄梅后，村落人歌紫芋[3]间。
堤月桥灯好时景，汉庭无事不征蛮。

  诗人通过诗作，对天府的人文风物大加称誉，层层铺叙，娓娓道来，抒写倾慕眷恋之情，有乐而忘归之感！

——温廷赞　何焱林

作者简介

  郑谷（约851年—约910年），字守愚，唐袁州宜春（现江西宜春市袁州区）人。唐朝末期著名诗人。僖宗时进士，官都官郎中，人称"郑都官"。又以《鹧鸪诗》闻名，人称"郑鹧鸪"。其诗多写景咏物之作，表现士大夫的闲情逸致。风格清新通俗，但流于浅率。曾与许棠、张乔等唱和，号"芳林十哲"。原有集，已散佚，存《云台编》。

注释

[1] 马头春：或指马头兰，春天开放。鹿头关：德阳市北面的鹿头山关隘。

[2] 读书山：李白青年时曾在彰明县的窦圌山上读书，该山较高故曰"云藏"。

[3] 紫芋：天南星科芋属植物，叶片盾状，花黄色、顶部带紫色，其块茎、叶柄、花序均可作蔬菜。

夜无多雨晓生尘，草色岚光日日新。
蒙顶茶[1]畦千点露，浣花笺[2]纸一溪春。
扬雄宅[3]在唯乔木，杜甫台荒绝旧邻[4]。
却共海棠花有约，数年留滞不归人。

诗人爱花惜花，竟为风雨落红而惆怅，尤其把自己羁滞蜀中的原因也委之于与海棠"有约"，更是构思奇迥，尽显高雅之风致。

——温廷赞　何淼林

注释

[1] 蒙顶茶：蒙顶山位于四川省雅安市境内，所产茶称蒙顶茶，传为我国最早驯化野生茶树之区，史有"扬子江中水，蒙山顶上茶"之誉。

[2] 浣花笺：古笺纸名。传唐代薛涛家在成都浣花溪旁，以溪水造十色纸，名"薛涛笺"，又名"浣花笺"。

[3] 扬雄宅：扬雄，字子云，西汉官吏，词赋家，思想家，学者。

蜀郡成都（今四川成都郫都区）人。其宅在郫县，亦有在成都者，又称子云亭，民国间建子云亭于茶店子，上世纪六十代毁。

[4] 杜甫台：此指杜甫草堂。

渚远江清碧簟纹[1]，小桃花绕薛涛[2]坟。
朱桥直指金门路[3]，粉堞高连玉垒云[4]。
窗下斫琴[5]翘凤足，波中濯锦散鸥群。
子规夜夜啼巴树，不并吴乡楚国闻。

诗人在唐昭宗时，本在朝廷任都官郎中之职，作此诗时已寓居成都数年，说明他入蜀时已经致仕，当时四方不宁，藩镇各自拥兵自固，兼并之风日炽，王建已据有西川，诗人有家归未得，托辞与海棠有约，是无奈中安慰自己的话，所以当暮春时节，夜里听到杜鹃啼鸣，他只当充耳不闻。这也是逃避现实的想法罢了！

——温廷赞　何焱林

注释

[1] 碧簟（diàn）纹：像竹席样的纹路。
[2] 薛涛：唐代女诗人，字洪度，长安人。16岁入乐籍，与韦皋、元稹有过恋情，自作桃红色小笺用来写诗，后人仿制，称"薛涛笺"。终身未嫁，成都望江楼公园有薛涛墓。
[3] 朱桥：成都北门升仙桥，为成都北上京师必经之路。金门：金马门，皇帝召见文士之所。
[4] 粉堞：白垩涂刷的女墙。玉垒：成都都江堰市之玉垒关。
[5] 斫（zhuó）琴：以饰有凤足花纹的拨片拨弹琴弦。

蜀中春日

唐 郑谷

海棠风外独沾巾，襟袖无端惹蜀尘。
和暖又逢挑菜日[1]，寂寥未是探花人。
不嫌蚁酒[2]冲愁肺，却忆渔蓑覆病身。
何事晚来微雨后，锦江春学曲江春。

  唐僖宗时，黄巢攻陷长安；唐昭宗时，宦官专权、藩镇割据，诗人曾避乱蜀中。此是诗人第二次入蜀，时已晚年，春日见花垂泪沾巾，心情复杂，愁绪难解。他本为看花而来，却不想自己身不因春而暖和，心不因花而开朗。明知"鲁酒无忘忧之用"，但只要冲一下"愁肺"也是可以的。想到从前"渔蓑覆病身"，便对眼前的处境感到无所谓了。面对锦江微雨，诗人在长安曲江游宴的情景，也涌上心头。

——温廷赞

注释

[1] 挑菜日：农历二月二日为挑菜节，是日士、民皆外出挑菜，唐宋蔚为风气。

[2] 蚁酒：酒面浮有泡沫或酒渣之浊酒。

题文翁石室

唐 裴铏

文翁石室有仪形[1],庠序千秋播德馨[2]。
古柏尚留今日翠,高岷犹蔼旧时青。
人心未肯抛膻蚁[3],弟子依前学聚萤[4]。
更叹沱江无限水[5],争流只愿到沧溟[6]。

  首联开门见山,道出文翁石室的千秋德馨,文翁清芬虽远,遗爱犹存。颔联以古柏和高岷来比拟文翁石室。十年树木百年树人,学林之中必有栋梁。文翁高瞻远瞩,对其卓识善举,实"高山仰止"啊!颈联以"膻蚁""聚萤"表达了千百年来人们一直不减对文翁的崇敬之情,而那些出自穷苦人家的孩子,也有幸进入这所著名学府刻苦学习,并且以晋人车胤的囊萤夜读为范。尾联是点睛之笔,诗人以岷沱争流到海为喻,用心良苦,砥砺学子志存高远,锲而不舍,苦学成才,经世致用。

——温廷赞 何焱林

作者简介

裴铏,生卒年不详。乾符五年(878年)以御史大夫为成都节度副使。著有《传奇》三卷。

注释

[1] 文翁石室:汉景帝时,蜀郡太守文翁兴办的学校,是中国第一所由地方政府兴办的学校,面向平民招生。

[2] 庠序:古乡学之名。《孟子·梁惠王》:"庠序者,教化之官也。殷曰序,周曰庠。"

[3] 膻蚁:比喻仰慕善德。语出《庄子·徐无鬼》:"羊肉不慕蚁,蚁慕羊肉,羊肉膻也。舜有膻行,百姓悦之。"膻喻仁义。

[4] 聚萤:囊萤夜读,《晋书·车胤传》:"胤博学多通,家贫不常得油,夏月,则练囊盛数十萤火以照书,以夜继日焉。"

[5] 沱江:长江支流,发源于川西北九鼎山,经内江市等,至泸州市汇入长江。

[6] 沧溟:沧海,大海。

升仙桥[1]（二首） —— 唐 汪遵

题桥贵欲露先诚，此日人皆笑率情[2]。
应讶临邛沽酒客，逢时还作汉公卿。

汉时卿相尽风云，司马题桥众又闻。
何事不如杨得意[3]，解搜贤哲荐明君。

  诗人因桥而咏司马相如的故事。时值黄巢之乱，他随僖宗至蜀所作。司马相如应诏入京，经过此桥时在桥上题写："不乘驷马，不过汝下也。"升仙桥见证了司马题桥时乡人对他的嘲笑，建节使蜀时官民对他的热烈欢迎。称赞汉时帝王能识才用才，杨得意怜才识珠，为国荐才。否则，司马相如不过一落魄士人，终老田舍而已。浩叹当世，连杨得意也无。

——温廷赞

作者简介

汪遵，生卒年不详，约唐僖宗公元877年前后在世，宣州泾县人。初为小吏。家贫，借人书，昼夜苦读，工为绝诗。唐懿宗咸通七年擢（866年）进士第。

注释

[1] 升仙桥：即今成都市驷马桥，因司马相如过桥题柱而得名。西汉时原为木桥。

[2] 率情：此处有率意而为，无所拘束意。

[3] 杨得意：西汉人，为汉武帝掌管猎狗的官，被称为"狗监"，司马相如能闻达于当时，实得助于宦官杨得意。他把司马相如的《子虚赋》放置于汉武帝逗留休息之处，使帝阅而喜之。

成都

唐 萧遘

月晓已开花市合，江平偏见竹簰[1]多。
好教[2]载去芳菲树，剩照岷天瑟瑟波[3]。

此诗写成都盛产花木及水运江景。诗人萧遘在唐僖宗避黄巢之乱幸蜀时曾为相。中原板荡，西蜀却不见兵革，月亮刚落，花市已开，江多竹簰，波犹澄碧，一派升平景象。已寓蜀地五代多割据势力矣！

——温廷赞

作者简介

萧遘（？—887年），字得圣，祖籍南兰陵（今江苏武进），唐朝宰相中书侍郎萧置之于。咸通五年（864年）进士及第，曾任右拾遗等职，因开罪宰相韦保衡被贬为播州司马。韦保衡被杀后召回朝中，先后担任礼部员外郎、户部侍郎等要职。黄巢之乱爆发后随唐僖宗李儇逃往四川，中和元年（881年），萧遘受任中书侍郎、同平章事等。光启元年（885年），黄巢之乱平定，遘进拜司空，封楚国公。

注释

[1] 竹簰（pái）：或称竹排，竹筏子。

[2] 好教：以便。

[3] 剩照：残照、落照。岷天：指岷江流域，天府之土。瑟瑟：珠名，其色碧，故以"瑟瑟"形容江波碧蓝。

前蜀
QIAN SHU
成都历代经典诗词

三学山[1] 夜看圣灯 ——前蜀 徐氏

圣灯千万炬，旋向碧空生。
细雨湿不暗，好风吹更明。
磬敲金地[2]响，僧唱梵天声。
若说无心法[3]，此光如有情。

  此诗可看作一首五律（第三句出律），作者还有一首同名的五言律诗存世，可证前蜀皇家曾多次游幸三学山。"圣灯"其实是植物、动物等死后，其体内之磷分解而出，氧化产生之光，是一种自然现象。无月的黑夜，山间忽有一光如萤，继而数点，渐至无数。佛家对其附会宣扬，使其蒙上了一层神秘色彩。读此诗可以想见当年三学山中，"圣灯"飘忽，钟磬和鸣，梵呗袅袅的景况。

——伍蔚冰

作者简介

徐氏(约883年—926年),成都人,前蜀主王建淑妃,宫中号为"花蕊夫人"。因其姐也为王建妃,故亦称"小徐妃",姐妹皆受宠幸。其姐之子王衍登基后封其为翊圣皇太妃。后唐庄宗灭前蜀时,姐妹俩及王衍皆被杀。

注释

[1] 三学山:山在金堂县东北,距成都市不满百里。
[2] 金地:佛教谓菩萨所居以黄金铺地,借指佛寺。
[3] 无心:解脱妄念。无心法:佛法。

宋 SONG
成都历代经典诗词

成都

宋 杨亿

五丁力尽蜀川通[1]，千古成都绿酎醲[2]。
白帝仓空蛙在井[3]，青天路险剑为峰[4]。
漫传西汉祠神马[5]，已见南阳起卧龙[6]。
张载勒铭堪作戒[7]，莫矜函谷一丸封[8]。

此诗名为"成都"，但非专写成都。诗人通过描述过去成都的山川形胜、得失兴衰，阐发历史教训。首联说成都千年繁荣富足而实无险可守的大势，颔联和颈联进一步阐明依靠山川形胜不足据，和历来自欺欺人者之可悲。尾联点明主旨：再不要矜夸"蜀道难"，以为一泥丸即可封入蜀之路。此诗多用典，亦善用典，做到遣词达意，多而不赘。

——何焱林　周荻

作者简介

杨亿（974年—1020年），字大年，建州浦城（今福建浦城县）人。北宋文学家，"西昆体"主将之一。今存《武夷新集》《浦城遗书》《摛藻堂四库全书萃要》《杨文公谈苑》15卷。

注释

[1] 五丁：五丁力士。据《战国策》，秦惠文王用司马错之计，以馈金牛美女为名诱使蜀王开凿蜀道。蜀王派五丁力士开山拓道。秦军长驱直入，灭蜀。

[2] 绿酎（zhòu）：经过两次或多次重酿之酒称酎，古酒非蒸馏酒，呈绿色。绿酎即淳酒。

[3] 白帝：东汉建武初，公孙述据蜀自立，自号"白帝"，后以代述。仓空：公孙述因时局不利，用诈术稳定人心，散布白帝仓粮如山积，使民往观空仓，称"说白帝仓有粮，和说局势不稳是一样荒唐"。后用为自欺欺人之典。马援称公孙为"井底之蛙"。

[4] 青天：指蜀道，用李白《蜀道难》意。剑为峰：指蜀山之峰如剑般锐利。

[5] 神马：谓神异祥瑞之马。《后汉书·西南夷传》："有神马四匹，出滇池河中，甘露降，白乌见。"《晋书·愍帝纪》："时有玉龟出霸水，神马鸣城南。"晋张华《博物志》卷一："和气相感，则生朱草，山出象车，泽出神马。"

[6] 起卧龙：指诸葛亮出山，辅佐刘备。

[7] 张载勒铭：晋张载随父入蜀，作《剑阁铭》刻于剑阁山上。

[8] 一丸封：比喻地形险要，用少量兵力即可固守。《后汉书·隗嚣传》载，东汉初，隗（wěi）嚣据陇右观望，有东归意，部将王元劝其自立，云："元请以一丸泥为大王东封函谷关，此万世一时也。"

避暑江渎祠池 [1]

宋 宋祁

溪浅容篙短,舟移觉岸长。
烟稠芰荷叶,霞热荔支房。
技叠参挝鼓[2],杯寒十馈浆[3]。
便成逃暑醉,官事底相妨。

  江渎祠亦称江渎庙,本建于郫江北岸,唐高骈筑罗城,江废。庙周积水成池。陆游《老学庵笔记》:"江渎庙北壁外,南宋时尚存壁画。"据各种资料证明,其处应在今文庙西街处。唐以后庙周地广数十亩,建有精舍,备极奢丽。宋代官吏每于此避暑。诗人正是描绘在此避暑时的情景,荡舟悠游,菱荷繁茂,烟波迷茫,晴岚氤氲。于此饮酒赋诗,无公务烦劳,无比惬意!

——李兴辉

作者简介

宋祁（998年—1061年），字子京，安州安陆人（今湖北安陆）人。北宋文学家，官工部尚书。与欧阳修等合修《新唐书》。

注释

[1] 江渎祠：《汉唐地理书钞》辑《括地志》："江渎祠在成都县南八里。"明曹学佺《蜀中名胜记》卷一："《汉书·郊祀表》：秦并天下，立江水祠于蜀，至今岁祀之。"

[2] 参挝（zhuā）鼓：击鼓之法。亦指以此法击鼓。参，通"掺"。

[3] 十馈浆：指十浆五馈，意为浆贱，十家卖浆者之中有五家争先馈送。典出《列子·黄帝》。

扬雄墨池[1]

宋 宋祁

宅废经池在，人亡墨溜干[2]。

蟾蜍兼滴破[3]，科斗共书残[4]。

蠹罢芸犹翠[5]，蒸馀竹自寒[6]。

他杨无可问[7]，抚物费长叹。

扬雄是文字学家，认字很多，颔联是说扬雄当日生活场景已经毁坏不可见，只剩下芸草青翠、竹林碧寒，连扬氏后人也无处可问，无迹可寻，因此感慨叹息。诗中颇有一股未遇知音的不平气。

——杜　均

注释

[1] 墨池：扬雄为文作赋时的洗笔处。宋祁寻访到扬雄故居已是在千年之后。诗人所见的是宅屋销残而墨池犹存。

[2] 墨溜（liù）：墨水流过之痕迹。

[3] 蟾蜍：此指陶瓷烧制的承水器。

[4] 科斗：古文字，手写体状如蝌蚪，俗称科斗文。

[5] 蠹罢：书被蠹完。芸：芸草，可防蠹虫。

[6] 蒸馀：过去以竹为蒸器。蒸余谓现存之竹。

[7] 他杨：指扬氏后人。

览蜀宫故城作

宋 宋祁

国破江山老,人亡岸谷摧[1]。

鸳飞今日瓦,鹿聚向时台。

故苑犹霏雪,荒池但劫灰[2]。

颓遗糊处壤[3],阁记数残枚[4]。

恨月窥林下,悲风觅陇来。

依城狐独速,失厦燕蚩回。

废社才存柳[5],阴垣自上苔[6]。

有情唯杜宇[7],长为故王哀。

诗为排律,第一句即对偶。蜀宫故城是前、后蜀宫殿旧址,从966年后蜀亡,到宋祁居成都(1053年—1059年)间,废近百年。诗人游览所见,满目是山河巨变、异代沧桑。昔日宫殿已成飞禽走兽的聚集地,只有断壁残垣若隐若现地透露出历史信息,不由感慨只有杜宇声声,仿佛在为故王哀悼。诗采用"赋"的铺陈手法,层层展开,让人不由生出沉重苍凉的历史悲情。可与鲍照芜城赋并读。

——何焱林

注释

[1] 岸谷：高岸为谷，深谷为陵，喻沧海桑田，变动不居。语出《小雅·十月之交》。

[2] 劫灰：劫余之灰烬。语出南朝梁释慧皎《高僧传·译经上·竺法兰》。

[3] 赪（chēng）：红色，指筑墙泥；糊同煳，烧焦处。

[4] 阁：门阁，此指宫室。残枚：残梁断柱。

[5] 废社：废毁之社稷坛，指宗庙。存柳：古社稷坛多植梓、柏等乔木。唯树独存，他皆乌有。

[6] 阴垣：阴暗处之墙垣。苔：苔藓，青苔。

[7] 杜宇：古蜀王名，此指杜鹃。

过摩诃池（二首） 宋 宋祁

十顷隋家旧凿池，池平树尽但回堤。
清尘满道君知否，半是当年浊水泥。

池边不见帛阑船[1]，麦陇连云树绕天。
百岁兴衰已如此，争教东海不为田。

第一首：宋祁过摩诃池之时，昔日宽阔水面已缩减至"十顷"大小。岸边树木砍伐殆尽，只剩几条堤岸。三四句说明了摩诃池缩减的原因，是历年来淤泥沉积所致。此诗为摩诃池在北宋建立的一份档案，让我们窥见它的变迁。

第二首：何以要写"不见帛阑船"？盖因摩诃池一度是达官显贵泛舟游乐场所。到北宋中期，摩诃池旧址只有麦陇连云，树木绕天。百年光景摩诃池即衰颓如此，遑论历经亿万斯年的东海，变成田地也是自然之事了。首句写所思，第二句写所见，第三句写所感，第四句写所悟。本来第三句感慨已深，偏是第四句更进一步。

——杜均

注释

[1] 帛阑船：指用帛装饰栏杆的船。

成都遨乐诗二十一首·上元灯夕 [1]

宋 田况

予赏观四方，无不乐嬉游。
惟兹全蜀区，民物繁它州。
春宵宝灯然，锦里香烟浮。
连城悉奔骛，千里穷边陬。
衯裶合绣袂[2]，辘轳驰香辀[3]。
人声震雷远，火树华星稠[4]。
鼓吹匝地喧，月光斜汉流[5]。
欢多无永漏[6]，坐久凭高楼。
民心感上恩，释呗歌神猷[7]。
齐音祝东北，帝寿长嵩丘[8]。

这是北宋成都知府田况对成都上元节盛况的描述。题目为"成都遨乐诗"，全诗轻快活泼。诗人曾四方游历，所见繁华之地甚多，但仍然觉得蜀地繁华犹胜他州。元宵夜里，满城灯火辉煌，香烟浮动，人流如织，千里之外的人也赶来观看。街上人们穿着华服绣裳，车辆往来不绝，一派火树银花的热闹景象。宋代成都，经济繁荣、文化昌盛，由此上元灯会即可感知。此诗开篇四句，立意颇佳，中间对灯市的描写笔法细腻灵动，如在眼前。

——何焱林

作者简介

田况（1005年—1063年），字元均，祖籍京兆，信都人。北宋大臣。追赠太子太傅，谥号"宣简"。田况有奏议三十卷，今已佚。又有《儒林公议》一书传世。

注释

［1］上元：即元宵节。

［2］裖裖（fēnfēn）：衣长大貌。

［3］辀（zhōu）：车辕，代指车。

［4］火树：挂灯彩于树，或指烟火铁花。华星：指五彩缤纷之灯市。

［5］斜：月已西移。汉：银汉，霄汉。十五圆月，月光如自霄汉倾斜流下。

［6］永：长。漏：更漏。永漏：深宵。欢乐多则无所谓夜深。

［7］呗（bài）：佛教徒诵经的声音。神猷：谓上（皇帝）其谋如神。

［8］嵩：指中岳嵩山，意取其高。

题琴台[1]

宋 田况

西汉文章世所知,相如闳丽冠当时。

游人不赏凌云赋[2],只说琴台是故基。

"西汉文章"尽人皆知,而司马相如冠绝当时。千百年来,人们只津津乐道他的风流韵事,他的《大人赋》已湮没不闻。这首短诗,通过对"游人"之赏,寄托"时移事换,英雄落寞"之伤感,说司马相如,何尝不是说自己?不平则鸣是为诗,非止迎风流泪、无病呻吟。此诗之妙处在于后两句与前两句的对比,充分营造了批判、惋惜的氛围。要之,货卖识家,琴赏知音,游人能知琴台,相如亦胜多多。

——周 菽

注释

[1] 琴台：指汉司马相如弹琴处，今成都有琴台路。

[2] 凌云赋：指司马相如的《大人赋》。杨得意是汉武帝时一位掌管天子猎犬的官员，一次武帝读到《子虚赋》，连连称赞，说："朕独不得与此人同时哉！"杨得意告诉武帝这篇赋是司马相如写的，于是武帝就召见相如。相如把自己的《大人赋》上奏武帝，"天子大悦，飘飘有凌云之气，似游天地之间"。

早离温江夜泊白沙步 ——宋 赵抃

晓与诸孙别,依然颇动怀[1]。
去乘兰棹稳[2],行得彩衣偕[3]。
渔父遥连市,村扉半掩柴。
夜来溪上宿,梦已在高斋[4]。

　　诗为赵抃再知成都时写。赵抃清晨离开温江,与孙儿告别,虽为暂离,依然情动于中。舟行稳健,且有他官作伴。一路行来,见得渔舟一艘接一艘,遥遥与市相连,村里农家柴门半掩,不惊窃盗。本诗写祖孙之情,亦写诗人路途所见,农渔安和,生活稳定,民风淳厚。也表述了诗人勤于政务,虽夜泊白沙,而梦魂已在官署。诗不用典,用平常语写平常事,堪称经济笔墨。

——何焱林

作者简介

赵抃（biàn）（1008年—1084年），字阅道，号知非子，衢州西安（今浙江省衢州市柯城区信安街道沙湾村）人。景祐元年（1034年）登进士第，治平元年（1064年），以龙图阁直学士，再知成都。晚年历知杭州等地，元丰二年（1079年）以太子少保致仕。赵抃在朝弹劾不避权势，时称"铁面御史"。

注释

〔1〕动怀：动情。

〔2〕棹（zhào）：划船的一种工具。兰棹：木兰舟，船之美称。

〔3〕彩衣：宋代公服三品以上用紫，五品以上用朱，七品以上用绿，九品以上用青。神宗元丰间改为四品以上紫，六品以上绯，九品以上绿。故此彩衣当指其他官吏与之偕行。

〔4〕高斋：指官署，南齐谢朓有《高斋视事》诗，写其在署衙所见所行。

邛州青霞嶂 [1]

宋 张俞

雾山环合自云川[2]，户有清溪种玉田[3]。
万树桃花不知处，几人曾得问秦年[4]？

  雾中山之幽杳绝尘，外人不到，而环境幽隽，土地肥美，溪涧流长，不虑水旱，垦植如种玉，现世桃源也。而桃花深处，几人至此问津？空负江山胜境！

  诗虽四句，却叙境界，论物产，赏秀色，叹幽隐，真经济笔墨。

——何焱林

作者简介

张俞,《宋史》作张愈,生卒年不详,字少愚,又字才叔,号白云先生,益州郫(今成都郫都区)人。北宋文学家,屡举不第。仁宗宝元初(1038年),西夏事起,于蜀上书陈攻取十策,诏赴阙。庆历元年(1041年)除试秘书省校书郎,不就。文彦博治蜀,为筑室青城山白云溪。著有《白云集》,已佚;全宋诗存诗二十九首。

注释

[1] 青霞嶂:原注"嶂与石城山相连"。清《邛州直隶州志·方舆志》:"雾山有一百八盘,金刚台为绝顶,人迹罕到。"民国《大邑县·地理志》:"雾中山,《道志》在县北五十里,与石城山相连,一名雾山。"诗首句云"雾山",故宋之青霞嶂即今大邑之雾山,或雾中山。雾中山:我国古代四川至印度古道上之佛教胜地,原名大光明山,又名天诚山、雾山,位于大邑县城北雾山乡境内,距县城25公里、成都80公里。主峰海拔1638米,常年被云雾覆盖,故名雾中山。大邑古八景之一。

[2] 环合:雾山东连青龙,南接大坪,西邻瓦窑(白虎山),北界龙窝,并九龙、金刚、红岩等山,号72峰,因众川杂流,云气蒸腾,雾锁霞封,故称环合。

[3] 种玉:用晋干宝《搜神记》故事,借指农田皆出产丰饶,类同种玉。

[4] 问秦年:用《桃花源记》故事。喻此地富饶平和,此即桃源,何须他问。

游海云寺唱和诗 [1]

宋 吴中复

锦里风光胜别州,海云寺枕碧江头。

连郊瑞麦青黄秀[2],绕路鸣泉深浅流。

彩石池边成故事,茂林坡上忆前游。

绿樽好伴衰翁醉[3],十日残春不少留[4]。

  此为与友人唱和之作。写海云寺及其附近景象,有麦田、泉水、彩石池、茂林坡。暮春时节,与朋友聚此,饮酒吟诗,不亦乐乎。然彩石池边,茂林坡上,忆及前游,仿佛昨日。一年春光,亦只剩十日,不稍稽迟,不稍停留,指顾间亦将逝去。绿樽伴醉,正好惜此春光,及时行乐。

——范佑鸾

作者简介

吴中复(约1011年—1078年),字仲庶,兴国永兴(今属湖北阳新)人,北宋官员。

注释

[1] 海云寺:位于成都东郊海云山(今狮子山)。

[2] 瑞麦:此指多穗之麦。

[3] 绿樽:古人酒为绿色,故常称绿酒;绿樽,指樽酒。

[4] 残春:暮春,晚春,此指农历三月最后十日。

万里桥

宋　吕大防

万里桥西万里亭,锦江春涨与堤平。
挐舟直入修篁里[1],坐听风湍澈骨清[2]。

万里桥历史悠久,唐李吉甫《元和郡县图志》卷三十一载:"万里桥架大江水,在县南八里。蜀使费祎聘吴,诸葛亮祖之。祎叹曰:'万里之路始于此桥。'"因以为名。诗人在诗后注解:"万里桥有僧居曰圣果,后濒锦江。有修竹数千竿,僧便作亭于竹中",联系"锦江春涨与堤平"这一特写镜头,可以想见当时万里桥风景既清幽秀丽又开阔恢宏。诗的开展,从开阔平远到幽邃深远,唤起读者美妙的视觉想象。

——周　萩

作者简介

吕大防（1027年—1097年），字微仲，京兆府蓝田（今陕西蓝田）人，北宋时期政治家、书法家。仁宗皇祐元年（1049）进士。南宋初年追谥为正愍，追赠太师、宣国公。著有文录二十卷，文录掇遗一卷，《文献通考》并传于世。工书法，传世墨迹有《示问帖》。

注释

[1] 拏（ná）舟：拏，同"拿"，《说文》："牵引也。""拏舟"即引舟，划舟，驶舟。

[2] 坐：因为。

浣花泛舟和韵 [1]

宋 吕陶

野店村桥迤逦通,蜀江深处茂林中[2]。
花潭近漾春波绿[3],彩阁相迎画舫红。
修岸几朝经密雨[4],芳樽尽日得清风。
诗翁旧隐知何在[5]？且事嬉游与俗同。

  野店村桥,茂林修篁,浣花溪自丛林深处迤逦流来,花潭映带,春波漾绿,彩阁迎晖,画舫摇红,一派春和景明气象。长长的江岸经几天密雨洗刷,一尘不染,赋诗和韵,樽酒属客,尽日浸淫在清风之中,真个赏心乐事。老杜旧隐何所,也不必理会,入乡随俗,就高乐一天吧。亦摆脱游浣花溪必写朝拜草堂旧套。诗对仗工稳,色彩明丽,修岸经雨,故樽有清风,非亲历者不能至此。

——何焱林

作者简介

吕陶（1028年—1104年），字元钧，眉州彭山（今四川彭山县）人。仁宗皇祐年间进士，历任太原府判官等。元祐二年（1087年）涉党争，贬梓州成都路转运副使。元祐七年（1092年）迁中书舍人。哲宗朝又外放，崇宁元年（1102年）辞归隐居萧县终老。著有《吕陶集》六十卷。

注释

［1］浣花：指浣花溪，传因浣衣女为僧人洗衲衣而溪泛莲花得名。在成都西郊，流经杜甫草堂，旧可行船，杜甫有句"秋水才深四五尺，野航恰受两三人"即证。

［2］蜀江：此指浣花溪。

［3］花潭：百花潭，与杜甫草堂相望。

［4］修岸：修长之江岸。

［5］诗翁旧隐：诗翁，指杜甫；旧隐，旧时隐居处，指草堂。

题双流保国观古柏 [1]

— 宋 胡宗师

孔明庙前古柏奇，此木气象尤过之。
干东彷佛烟焰起[2]，铁龙空驾焚一枝[3]。
真人丹成何所适[4]，世传乘鹤冲天飞[5]。
求诗道士心弥坚，试听一诵工曹诗[6]。

  此诗当作其任职成都时。武侯祠庙多植柏，少陵寓于益州时，其柏已森森然。松柏之树经冬不凋，愈冷愈苍翠，且树龄长久，老而姿态奇伟，如游龙凌空焉。以此咏古柏之诗，而怀及卧龙，由卧龙而思杜少陵，由少陵之工部员外郎思己之户部员外郎，历事甚肖。道士求诗之心弥坚，那就听一听工曹之诗，可中意不？

——罗云轩

作者简介

胡宗师，生卒年不详，武进人。宋仁宗嘉祐六年（1061年）进士。以户部员外郎为成都府路转运副使。

注释

［1］保国观：双流古道观，今已不存。

［2］干东：树干之东，东方甲乙木，青龙所居方位。

［3］铁龙：老树成龙，虬枝如铁，但此树东枝似为道士烧丹时焚其细枝针叶，只剩虬枝。

［4］真人：道家称修真得道之人，亦泛指道士。丹成：金丹炼就，指得道。

［5］乘鹤：周灵王太子晋（王子乔）从浮丘公入嵩高山修道，道成，乘鹤谢时人而去。出《列仙传》。后以乘鹤为得道成仙之典。

［6］工曹：北宋徽宗崇宁三年（1104年）改定开封府所属六曹，掌京府工程劳作之事。大观二年（1108年）天下州郡依开封府例置，长官为参军。此为作者自称。

送戴蒙赴成都玉局观将老焉

宋 苏轼

拾遗被酒行歌处[1],野梅官柳西郊路。
闻道华阳版籍中[2],至今尚有城南杜[3]。
我欲归寻万里桥[4],水花风叶暮萧萧[5]。
芋魁径尺谁能尽[6],桤木三年已足烧[7]。
百岁风狂定何有[8],羡君今作峨眉叟[9]。
纵未家生执戟郎[10],也应世出埋轮守[11]。
莫欺老病未归身,玉局他年第几人。
会待子猷清兴发,还须雪夜去寻君[12]。

　　苏东坡这首七言古诗,通过送友人返成都,反映诗人对成都的向往。诗人对成都名胜及历史人物钦仰不已,且有怀归故里因年老未能成行之遗憾,其心情可想而知。全诗激越飞腾,笔势如虹,感人良深。

——洪君默

作者简介

苏轼（1037年—1101年），字子瞻，又字和仲，号铁冠道人、东坡居士，世称苏东坡、苏仙，眉州眉山（今四川省眉山市）人，祖籍河北栾城。北宋文学家、书法家、画家，"唐宋八大家"之一。

注释

[1] 拾遗：指杜甫，后世称"杜拾遗"。唐太宗至德二年（757年），杜甫追随肃宗于凤翔，拜左拾遗。被酒：为酒所醉，犹中酒。行歌：边行走边唱歌。

[2] 华阳：唐宋时成都府城区分为两县，西、北、东北为成都县，东、南、西南为华阳县。版籍：户口册。

[3] 城南杜：杜氏祖上封为杜城（唐时为京兆杜陵县）而得姓，后世子孙便以杜陵为宗族原居地。杜甫的后裔在宋代尚有居于成都者。

[4] 万里桥：桥名，今成都市南门大桥。

[5] 水花：荷花的别名。萧萧：形容凄清、寒冷。

[6] 芋魁：大芋头。径尺：直径一尺。

[7] 桤木：桦木科落叶乔木。叶长椭圆形，易于成林，木质较软。

[8] "百岁"句：形容人生短促，如狂风般瞬间消逝。

[9] 峨眉叟：指隐居峨眉山的老人。

[10] 执戟郎：指西汉著名学者、辞赋家扬雄。他是蜀郡成都人，曾为郎。《文选》李善注："《汉书》曰：扬雄奏《羽猎赋》为郎，然郎皆执戟而侍也。"

[11] 埋轮守：指东河张纲。东汉顺帝时，大将军梁冀专权，朝政腐败。汉安元年（142年）选派张纲等八人巡视全国，纠察吏治，余人皆受命之部，而纲独埋其车轮于洛阳都亭，曰："豺狼当路，安问狐狸！"遂上书弹劾梁冀，京都为之震动。事见《后汉书·张纲传》。后以"埋轮"为不畏权贵，直言敢谏之典。

[12] "会待"二句：用《世说新语·任诞》中王子猷雪夜乘舟访戴安道事："王子猷居山阴。夜大雪，眠觉，开室，命酌酒，四望皎然。因起仿徨，咏左思《招隐诗》，忽忆戴安道。时戴在剡，即便夜乘小船就之。经宿方至，造门不前而返。人问其故，王曰：'吾本乘兴而行，兴尽而返，何必见戴？'"

游绝胜亭 [1]

宋 苏辙

夜郎秋涨水连空[2],上有虚亭缥缈中。
山满长天宜落日,江吹旷野作惊风。
爨烟惨淡浮前浦[3],渔艇纵横逐钓筒[4]。
未省岳阳何似此[5]?应须仔细问南公[6]。

  岷江秋汛,水势连天,江边山上虚无缥缈中便是绝胜亭了。山托夕阳,风拂原野,炊烟中有渔船纵横江上。不知岳阳楼与周遭何以如此相似?倒是应该细细问问南公了。

——伍蔚冰

作者简介

  苏辙(1039年—1112年),字子由,一字同叔,晚号颍滨遗老,眉州眉山(今四川省眉山市)人。北宋文学家、宰相,"唐宋八大家"之一。

注释

［1］绝胜亭：新津东南岷江边宝资山上亭名，后改名纪胜亭。

［2］夜郎：借指蜀地。

［3］爨（cuàn）烟：炊烟。

［4］钓筒：竹制捕鱼具，口大颈小腹广，颈有倒"刺"，鱼能进不能出。类似鱼梁，俗称鱼篓子。

［5］岳阳：古称巴陵，位于湖南省东北部，东倚幕阜山，西抱洞庭湖，北枕长江。

［6］南公：古楚士，阴阳家。

锦江思

宋 李新

独咏沧浪古岸边[1]，牵风柳带绿凝烟。
得鱼且斫金丝鲙[2]，醉折桃花倚钓船。

李新年少得志，因上万言书得罪宋徽宗，被贬返川，此后李新生活俱在川内。沧浪本水名，即汉水与其支流。《孟子·离娄上》云："有孺子歌曰：'沧浪之水清兮，可以濯我缨；沧浪之水浊兮，可以濯我足。'"故沧浪有高洁意，"独咏沧浪"即此歌。诗人虽遭贬谪，却高怀未减，春日游于锦江，两岸柳丝新绿，桃蕊恰吐，天气正好。又得金丝之鲙鱼，能无醉乎？能无诗乎？佳景可忘忧，而不损志，故咏沧浪云云。

——罗云轩

作者简介

李新（1062年—？），宋仙井人，字元应。哲宗元祐五年（1090年）进士。刘泾尝荐于苏轼。累官承议郎、南郑丞。元符末上书夺官，谪遂州。徽宗大观三年（1109年）赦还。著有《跨鳌集》。

注释

[1] 沧浪：江河的一种比较文雅的说法，指归隐。

[2] 斫（zhuó）：指大锄，引伸为砍、刺等。鲙：同"脍"，细切肉。

龟化

宋　宋京

君不见秦时张仪筑少城，土恶易败还颠倾。力疲知竭筑未就[1]，神龟为尔开其灵。龟行所至城不圮，版筑之功以此已。功成隐去智且贤，城下于今只流水。殷勤高谢余且网[2]，不梦元君宁自放[3]。仪兮仪兮奈尔何，口舌纵横饰欺妄[4]。天使神龟笼尔术[5]，不言而行功自毕。安得人灵若尔灵，照见百为心暇逸[6]。

此歌行体讲成都城初建，用龟卜地以筑城池。人以龟为四灵之一。《易》云，"舍尔灵龟，观我朵颐，凶。"先秦之时凡大事用龟，小事则用蓍。成都少城旧传为张仪龟卜所得之地，故成都别名龟城，并其形甚肖也。张仪先秦纵横大家，擅口舌之辩，少城虽就，张仪去秦而死于魏。此诗后段即睹物思人之语，责张仪以口舌饰欺妄，去秦适魏。故《老子》曰："功成身退，天之道。"其言不差也。此或作者有所指而发。

——罗云轩

作者简介

宋京，生卒年不详，字宏父，自号迂翁，四川双流人。徽宗崇宁五年（1106年）进士，曾任户部员外郎，后以太尉府少卿出知邠州。近代曾于成都市成华区龙潭乡发现其家族墓地。

注释

［1］知竭：知，同"智"。知竭，计穷。

［2］余且（jū）网：事见《史记·龟策列传》，简述如下：宋元王二年（公元前530），江使神龟於河，渔者豫且网得之，置于笼。夜半龟托梦宋元王求救。次日王命人索龟于豫且，得龟，本欲放其归水，博士卫平累说于王，王终信卫平，剥龟得甲，屡卜皆灵，元王遂逞强一时。本诗反其意而用之。余且网即网口余生，高谢者不必实有其人，谢其未遭罗网之命运可，谢豫且放其一条生路亦可，无关紧要。

［3］不梦元君：意为不托梦于宋元王求助，宁肯自我放任，生死由天。向宋元王求救，无异于自投罗网，登门受死，元王必因龟为重宝而要其命。

［4］口舌纵横：指张仪逞口舌之辩饰其欺诈，行纵横之术而取爵禄。

［5］笼尔术：笼有罩、羁绊义，笼尔术即罩住张仪口舌诈术，下句"不言而行"即补充此说。

［6］百为：百行，种种行为。

武担[1]

宋 宋京

君不见蜀王妃子墓突兀，成都城中若山积。墓头寒镜涩无光，妒月欺烟化为石。鸿荒无根凭野史，直谓山妖化妃子。临终未免怀首丘[2]，运土山中葬于此。山名武担锦江边，用是得名千万年。如今佛阁倚空翠[3]，老木盘郁摩苍天。晴云入穴西山出，卷帘坐见岚光滴。拨得文如汲冢书[4]，免使后人疑往昔。

据传武担山有蜀王妃子墓，有巨石如镜。传蜀王为葬爱妃，命力士从今绵阳武都山荷土至，故名武担。至宋时兹事已不可考。宋京至此，赏佛阁古木之余，怀想传闻，乃作此诗。

——罗云轩

注释

[1] 武担：指武担山，在旧益州成都县北，昔蜀汉刘玄德即皇帝位于成都武担之南。昔为蜀中名胜。

[2] 首丘：《礼记·檀弓》上："狐死正丘首。"首丘者头向出生时之山丘也。俗传妃子为狐狸精所化。

[3] 空翠：山岚翠霭。

[4] 汲冢书：西晋太康间，盗不准（fǒubiāo）发汲郡魏国墓冢，得数十车竹简书，史称《汲冢书》，亦名《竹书纪

年》，北宋已佚。今有《今本竹书纪年》《古本竹书纪年》两辑逸本。《汲冢》书史，其事多为今存史籍不存或与今史籍相异者。句意为，若发冢得当年文书，是狐是人，一目了然，免后人妄启疑窦。

石室 [1]

宋　宋京

君不见西汉文翁为蜀守[2]，蜀学不居齐鲁后[3]。诸生竞欲保翁名，石室镌磨贵难朽。东汉高公又几时，为作石室还如兹。至今二室坚且久，文公高公名不衰。世间可传唯铁石，石终可泐铁终蚀[4]。古人好事留其名，石室存亡竟何益。汉水沉碑知在不[5]，叔子名存空岘首[6]。安得眼看石室销，要知二子名终有。

西汉文翁为蜀守，始建学校，文化初布于天府，而后东汉高公继之。两汉二公虽逝，石室无存，而其业在兹，故名传焉。是以留佳名千古不灭者，其德业乎！今好事搏名，遗毒于后，虽名焉，实埃垢而已矣。

——罗云轩

注释

[1] 石室：西汉景帝间蜀守文翁筑石室兴学，为我国第一所地方兴办之官学。兴办不久即成绩斐然，人才辈出。东汉安帝时一场大火，石室遭到严重破坏。至194年，蜀守高氏始修复。地址在今成都文庙前街石室中学所在地。

[2] 文翁：文翁（公元前187年—公元前110年）名党，字仲翁，庐江（今安徽庐江县）人，西汉景帝末为蜀郡守。

[3] 蜀学：狭义上指由苏洵开创，由苏轼兄弟发展，由黄

庭坚、张耒、秦观等组成的有共同思想基础与学术倾向之学派，广义而论则指两宋间包括三苏、周程及其在蜀后学张栻、度正、魏了翁等人物，融合蜀、洛、贯通三教而以宋代新儒学为主的巴蜀地区的学术。此处之蜀学则指文翁兴学后蜀地文化迅速提高，其中司马相如、扬雄、王褒等之文章学术，不居齐、鲁之后。

［4］沏（lè）：裂开。

［5］汉水沉碑：晋·杜预欲在后世留名，将自己的功绩刻在两块碑上，一个沉于水底，一个立于山上，让后人知道他的事迹。典出《晋书·杜预传》。后以此典表现缅怀前人事迹。

［6］叔子：晋人羊祜（hù），字叔子，都督荆州诸军事，有政绩。《晋书·羊祜传》："襄阳百姓于岘山祜平生游憩之所建碑立庙。"岘山亦称岘首山。

王氏碧鸡园咏·露香亭[1]

宋 王灼

北渚一帝子[2],洛川一宓妃[3]。
池有十种莲,平生所见稀。
纤浓各态度,红白争光辉[4]。
我来亭上饮,夜久未忍归。
翁家采香人[5],但爱香满衣。
岂知清露湿[6],圆荷泻珠玑[7]。

诗人博才多艺,是宋代著名的科学家、文学家、音乐家。出身贫寒,青年时曾到成都求学,后往京师应试。虽学识渊博却科场失意,终未入仕。只得流落江湖,寄人篱下。此乃诗人碧鸡园诸咏之一。诗以露香亭为中心,放眼周遭,诗兴顿起。北有水涯,尧女降临;南临洛川,宓妃凌波。又池莲数种,纤浓各异,红白争辉,生机勃发,令人欢欣不已。于是诗人举盏畅饮，夜久不归，以致香溢衣袖，露沾鞋袜，那圆圆的荷叶上也露水凝结，珠辉闪烁。全诗活泼灵动，清新流畅。

——冯礼台

作者简介

王灼（约1081年—约1160年），字晦叔，号颐堂，南宋遂宁府小溪县（今四川省遂宁市船山区）人。其所撰《糖霜谱》是世界上第一部完备介绍糖霜生产工艺的科技专著。晚年闲居成都和遂宁，潜心著述。

注释

[1] 碧鸡园：应是王氏之斋号或庭院名。露香亭：大概是其庭院中的一小亭。

[2] 北渚（zhǔ）：北面的水涯。帝子：帝王的子女，此指娥皇、女英，相传是尧的女儿。语出《楚辞·九歌·湘夫人》。

[3] 洛川：此指魏都洛阳附近之伊河、洛河两河之一之洛河，亦称洛水。非陕西洛川。宓（fú）妃：传说是上古伏羲之女，洛水之神，曹植有《洛神赋》。

[4] 红白：红莲花与白莲花。

[5] 翁家：指主人王氏。

[6] 清露：洁净的露水。

[7] 珠玑：即珠宝。圆者叫珠，不圆者叫玑。常用来比喻说话有文采。

和李致政花石山诗 [1]

宋 魏了翁

春风挽征衣，淑景荐莲实[2]。山中之奇观，变态纷襞积[3]：或划然以舒[4]，或蒙然以密，或妩如修眉，或突如巨迹，或鹜鸟将抟[5]，或游龙偕出。一目百奇怪，随景发诗癖。江山昔岂无，万古阅闲寂？而独陈于今，涸我风月笔[6]。便如遗俗士，高卧天一壁。人知匪自献，不知亦奚恤[7]？

诗人于春天来邛崃花石山，欣赏千奇百怪之奇石。有舒展，有细密，有妩媚，有巨大，有似鹜鸟，有似游龙，引发诗兴。而它们千百年来独陈于今，阅尽闲寂，好比高卧一方之隐士，人知非其自献，人不知亦何憾焉？诗人赞美奇石，即是赞美隐士也。

——袁建章

作者简介

魏了翁(1178年—1237年),字华父,号鹤山,邛州蒲江(今属四川)人。南宋著名理学家、大臣。

注释

[1] 花石山:在今邛崃市竹溪湖畔。

[2] 淑景:美景。杜甫《紫宸殿退朝口号》:"花覆千宫淑景移。"莲:作籩(biān),竹编食器。荐莲即进献果品。

[3] 襞(bì):衣褶。襞积:重积,堆积。

[4] 划然:豁然,高亢。

[5] 抟(tuán):盘旋向上。《庄子·逍遥游》:"抟扶摇而上者九万里。"

[6] 涸(hé):枯竭。《尔雅·释诂》:"竭也"意为千奇百怪,其状难描,穷吾风月之笔,亦难尽其形象。

[7] 恤:忧。奚恤:何忧?

弥牟镇孔明八阵图

宋　王刚中

我稽八阵图,规模载方册[1]。

竭来镇西蜀[2],夔门观叠石。

赋诗有数字,字字究来历。

进涉汉州西[3],弥牟镇之北[4]。

平原列堆阜[5],滩石同一式。

细思作者意,孔明有深策。

高岸或为谷,滩石存遗迹。

江海变桑田,平原犹可觅。

故今两处存,千载必一得。

再歌遂成篇,当有智者识。

弥牟镇"八阵图"遗址在成都市青白江区弥牟镇西南,相传为诸葛亮推演兵法、操练士卒所用。南宋初期,大臣王刚中镇守蜀地,他入蜀时经过夔门观看过八阵图,后来到了弥牟镇,又看到规模一样的八阵图。宋人好思辨,说理,诗人也不禁思索孔明将八阵图布置两处的深意。世界变动不居,高山可变成深谷,江海可变成桑田。而千载之下,两处遗迹至少会有一处保存,留存到后世。王刚中文武兼擅,是南宋初期的主战派，在弥牟镇观八阵图，也有力求"有备无患"之意。

——何焱林

作者简介

王刚中（1103年—1165年），字时亨，宋代乐平履恒里燕窝村人（今江西省乐平市礼林镇府前村），南宋大臣。南宋绍兴十五年（1145年）赴京应考，提出革除时弊的对策，深得宋高宗器重，被点为进士第二名（榜眼）。入仕后，正值金宋交兵之时，面对主战、主和两派严重对立的现实，他选择了"主战"，坚决抗金，时时不忘收复中原。

注释

[1] 方册：书籍。刘勰《文心雕龙》："先王圣化，布在方册。"

[2] 朅（qiè）来：去来，尔来，往来。《说文·段注》："古人文章多云朅来。犹往来也。"朅此处作语气助词。

[3] 汉州：即今四川省广汉市，唐置，时辖雒、什邡、德阳、绵竹、金堂五县。

[4] 弥牟镇：属四川成都青白江区，地处青白江区西北端，北与广汉交界，西南与新都区接壤，距成都市区23公里。有诸葛亮练兵之"旱八阵"。

[5] 堆阜：阜本指土山，此指堆积而成之石阵。弥牟为平原，奉节八阵在江边，故称滩石，式样则同。

灵泉山中[1]（二首） 宋 杨甲

小县相笼合[2]，蒙蒙数万家。
果蔬争晚市，樵牧乱晴沙。
落日平江迥[3]，青山去路赊。
偶居无事在，随意问桑麻。

何处长松寺[4]？雨花云外台[5]。
山从百曲转，路入九关回[6]。
老桧成龙尽[7]，残柯借鹤来[8]。
人间斤斧乱[9]，风壑夜声哀。

  偶居无事，闲问桑麻，亦有微意。第一首言县城所见之景。灵泉虽为小县，亦数万之家，有杜工部"小邑犹藏万家室"意。颔联写农家作苦，樵牧辛劳，民生艰困，农民白天忙于耕稼，向晚方来此售卖果蔬，一个"争"字见得农民急于将果蔬乘鲜卖完，以免明日枯黄腐败。牧民樵夫，也急欲将柴薪、牲畜脱手，柴市、畜市当在河滩，方有枝桠蹄痕，凿乱晴沙。

  第二首写长松古寺。以雨花云外台赞庙貌幽深静穆，山之百曲，路之九回赞寺之清肃绝尘。老桧成龙状寺苍古，残柯栖鹤，喻僧修为。

其时为宋南渡之后,斤斧乱喻朝政不清,赏罚不明,国事蜩螗,外敌凌虐,尾联一个哀字,坦露诗家忧时之深。

——何焱林

作者简介

杨甲(约1110年—1184年),四川遂宁人,字嗣清,进士及第。宋代著名地理学家、文学家、诗人。有弟兄五人,互为师友,皆以人品孝行著称。

注释

[1] 灵泉:唐于今龙泉区分栋山下设灵池县,北宋仁宗时改灵泉县。

[2] 笼合:本意为迎合,此处意为捏合在一起。

[3] 迥(jiǒng):远。

[4] 长松寺:蜀中古寺,位于龙泉山主峰1059米之长松山顶,唐开元中马祖禅师所建,今圮。

[5] 雨花:佛教故事,佛祖说法,天雨花。云外:言其高。

[6] 九关:九关本指天门或宫阙,《楚辞·招魂》:"魂兮归来,君无上天些。虎豹九关,啄害下人些。"九为数极,九关即多重关碍;亦借《楚辞》义喻山路崎岖险陡,起伏回环。

[7] 成龙:民谚"老树成龙",喻老桧枝干盘曲纠结,婉如游龙。

[8] 借鹤来:借,作使动用,喻树之老干残柯,使之引鹤来栖。

[9] 斤:斧之一种,刃口横向,俗称锛子。

观鱼凫古城 [1]

宋 孙松寿

野寺依修竹,鱼凫迹半存。

高城归野垄,故国霭荒村[2]。

古意凭谁问?行人漫共论[3]。

眼前兴废事,烟水又黄昏。

诗为吊古。起句鱼凫城今与野寺相傍,依稀可见残痕。当年高城,今归野垄,昔年国都,今掩荒村,见得人世沧桑。高古之意,凭什么一探究竟,知其已往?只有与行人一起漫说,猜测。历史陈迹,过往兴废,常成同行者谈资,以消旅途寂寞。谈兴正浓,暮色四合,烟水苍茫间,又到投宿时候。

——何焱林

作者简介

孙松寿（1111年—?），字岩老，号牧斋，南宋郫县人。宋高宗绍兴五年（1135年）进士及第。守汉嘉，有惠爱。

注释

[1] 鱼凫：传说鱼凫氏是继蚕丛、柏灌之后的古蜀王，建都于今温江区之万春、柳城一带。因其下令城郭广植柳树，史称"柳城"。鱼凫城：遗址在成都市温江区鱼凫村、直属村、报恩村等地，现存鱼凫城仅古城埂1810米，呈新月形。据考证遗址距今约4000年，与三星堆文明和金沙文明有明显联系，是长江上游文明起源中心点之一。

[2] 霭：云集貌，此处用作遮掩、埋没。

[3] 共论：一作苦论。

卧龙山 [1]

宋 王十朋

山藏古寺柏青青，地重端因蜀相登[2]。
沙上不闻江转石[3]，人间几见谷为陵[4]。
龙蛇树影摇千尺[5]，玉雪花枝吐万层[6]。
堪叹草庐谁复顾[7]，凄然香火却依僧[8]。

全国有众多卧龙山。此指四川省梓潼县城西15公里处的卧龙山。唐贞观八年（634年）始凿像于长方体石墩四周壁上，现存造像138尊，清末又依石龛而建歇山式木构庙宇。整个佛岩石窟造像均雕刻精细，保存完好，充分反映出当时造像艺术的高超水平。早期的阿弥陀佛等像年代久远，更为珍贵。其中有诸葛古庙、千佛岩等遗迹。现为国家级文化遗产、全国重点文物保护单位。

诗为怀古之作。吟咏诸葛武侯，感喟人世沧桑。先从古寺着笔，引出诸葛事迹。苍松翠柏掩映之处，山藏古寺，以奠蜀相。"柏青青"犹少陵之"柏森森"。但历时久远，物是人非，树犹繁茂，草庐独孤。虽有佛门依附，却亦香火凄冷，令人感伤！

——冯礼台

作者简介

王十朋(1112年—1171年),字龟龄,号梅溪,温州乐清四都左原(今浙江省乐清市)梅溪村人。南宋著名政治家、诗人、爱国名臣。绍兴二十七年(1157年)被宋高宗亲擢为进士第一,官秘书郎。曾数次建议整顿朝政,起用抗金将领。孝宗立,累官侍御史,力陈抗金之计。又救灾除弊,有治绩,时人绘像而祠之。绍熙三年(1192年)追谥忠文。有《梅溪集》存世。

注释

[1] 卧龙山:指四川省梓潼县城西15公里处的卧龙山。

[2] 端因:副词,正好、果真。蜀相:即诸葛亮。

[3] 江转石:此用杜甫《八阵图》"江流石不转"意。

[4] 谷为陵:高岸变成深谷,深谷变成大山。比喻人世间的重大变迁。语出《诗经·小雅·十月之交》:"百川沸腾,山冢崒崩。高岸为谷,深谷为陵。"

[5] 龙蛇树影:树影斑驳,犹如龙蛇行走。

[6] 玉雪花枝:与龙蛇相对,玉雪亦定语,意为华彩如玉,晶莹如雪的花枝,吐艳万层。

[7] 草庐:茅草房。此句有复顾草庐,求取贤才之意。

[8] 凄然:凄凉悲伤。依僧:指依僧存续。

谒江渎庙[1]

宋 喻汝砺

坤轴东南倾[2]，大江日夜注。前驱下荆巫，余涛略吴楚。任势不欺劳，得意缘所遇。水也初无营[3]，神哉亮谁主[4]。芳兰沉清华，碧藻纡翠缕。晨鹄戏野岸[5]，春凫集深渚[6]。均是得所安，而神岂私汝。古来几精魂，舍此迷所处。淫游不知还，沙村失烟树。而我后千载，悠然在江浒。抱啬贵无竞[7]，矜名忌多取[8]。冥冥罨岸风[9]，淫淫打船雨。舞雪窥洪涛，开苹度前浦。再拜谢神贶[10]，聊复随所住。

诗人朝觐江渎庙有感书此。《素问》称："天不足西北，地不满东南"，此称坤轴东南倾，类也。中国西北高而东南低，河流大多向东南流。此所谓任势而行，得意所遇。水之初亦并无筹划，不过随势而行，神明亦何所为？兰沉清华，藻萦碧缕，鹄戏、凫集皆性之所使，得其所安，自然之理，岂神明所私？古来几许能者，舍此自然之理，迷其所处之位，"淫游"极欲，致使野盈白骨，村失烟树，锦绣山河，化为荆棘蓬蒿。我生已在江渎神立庙千载之后，而能悠游江浒，无非守拙无竞，矜名寡取，知足常乐。无论罨岸狂风，打船疾雨，崩雪似的洪涛，破苹而进之止水，托神庇佑，随遇而可安。

诗人意为无论江水、江神、物我，皆顺自然而生，逆自然而亡，抱瓮无竞，矜名忌多，知足常乐。神亦我助，反其道，神亦将奈何？

——何焱林

作者简介

喻汝砺，生卒年不详，仁寿人，徽宗政和五年（1115年）进士。曾知阆中县，迁祠部员外郎。靖康之变后挂冠而去。高宗即位，复多任职于川，曾任职果州、遂宁等地，又任转运使。

注释

[1] 江渎庙：亦称江渎祠，《汉书·郊祀志》："秦并天下，立江渎庙于蜀。"唐后几经毁建。明时《蜀中名胜记》已将江渎庙列为"南门之胜"，明亡毁于兵燹，清代重建。今为汪家拐小学。古人以岷江为江水之源，故立此庙于锦江畔。

[2] 坤轴：地轴。

[3] 无营：无所营谋，不先计划，自然流动。

[4] 亮：《说文》："明也。"神而有灵，其明谁主？

[5] 鹄（hú）：水鸟，形似鹅，较鹅大，鸣声宏亮，善飞，食植物昆虫等。

[6] 凫（fú）：水鸟，俗称"野鸭"，雄性头部绿色，背部黑褐色，雌性全身黑褐色，常群集沙岸湖泊，群飞时声音很大。

[7] 抱瓮：瓮有节俭义，抱瓮即守拙。

[8] 矜名：矜有庄重意，如矜持等，此处意为看重名声。

[9] 罨（yǎn）：罩，覆盖。

[10] 贶（kuàng）：赐予，赠与。

散花楼[1]

宋 喻汝砺

濯锦江边莎草浓[2]，散花楼畔夭芙蓉[3]。
蜀山叠叠修门远[4]，谁把丹心问李郎[5]。

> 从此作可知，数百年间此楼尚存焉。唐宪宗曾经授李郎相，李辞而不受。郎强直无私饰，末句谁又以丹心问李郎哩？喻氏或以自比。
> ——罗云轩

注释

[1] 散花楼：散花楼建于摩诃池畔，为隋朝蜀王杨秀所建，大致位于今天的人民南路展览馆附近。宋末毁于蒙古入侵，明代初年，成都东门迎晖门城楼被命名为"散花楼"。已非昔日之旧。

[2] 莎草：植物名。莎草科莎草属，多年生草本。产于原野沙地，茎高十至六十公分。叶细长，质硬，深绿色，夏日由茎顶分歧生穗，开黄褐色小花，地下块根称为"香附"，

入药，有健胃、理气、调经等功能。草亦编草鞋之原料。

　　［3］天芙蓉：自后蜀孟昶于成都广植木芙蓉，成都遂以芙蓉城逸闻遐迩。此句既是写实，亦为诗人意之所属。

　　［4］修门：本为楚郢都城门，见于《楚辞》。此借指南宋首府城门，实指临安。文天祥《指南录·后序》："时北兵已迫修门外。"

　　［5］李邕（yōng）：亦作李墉，生年不详，卒于820年，字建侯，鄂州江夏人。中唐名臣，江夏太守李邕从孙。为人刚毅果决，不慕荣利，忠心朝廷，不屈于割据势力之威棱。

题西门外筲桥下观音院[1]

宋 仲昂

雨砌风亭长绿苔[2],壁间题字半尘埃。
城南萧寺无人迹[3],几度会因送客来。

彼时二主蒙尘,中原泣血,金瓯不全,高宗仓皇,凋敝如斯,从城南萧寺阶除亭茅生苔,壁间题字蒙尘,此间已久无人至。诗人不因送客,亦不会至此,曾经之香烟飘渺,而今之冷寂凄凉,皆因靖康之变而起,如此江山,荒榛遍地,风雨凋零,读之怅然。

——罗云轩

作者简介

仲昂,生卒年不详,字明举,宋高宗时广汉人。

注释

[1] 笮桥:笮桥,用竹索制作之吊桥,在今成都西南,又名夷里桥。成都本四门环水,今西门之水约即西郊河。观音院今不存。

[2] 雨砌:石砌阶除或亭基。

[3] 萧寺:寺院,禅林。唐李肇《唐国史补》:"梁武帝造寺,令萧子云飞白大书'萧'字,至今一萧字存焉。"后因此以称佛寺。

十五日同登大慈寺楼得远字[1]

宋 李薰

重楼得云气深稳，户牖谁能发关键？
楼下轮蹄涣散驰，行人一顾不容返。
好游独是我辈闲，搴衣直上相推挽[2]。
层轩危槛倚欲遍，更假胡床[3]同息偃。
西南繁会惟此都，昔号富饶今已损。
填城华屋故依然[4]，孰为君王爱基本？
茫茫八表聊纵目，情知日近长安远[5]。
白云浩荡飞鸟没，玉笙凄凉红粉晚。
梁王吹台得李杜[6]，黄公酒垆醉嵇阮[7]。
高峰千载凛莫攀，与世相浊徒混混[8]。
荷衣蕙带芙蓉帐，野服犹堪敌华衮[9]。
去梯孰复共君谋[10]，杀马毁车从此遁[11]。

诗暗含有对秦桧擅权之不满。第一段写登楼之状，生动贴切。然"好游独是我辈闲"一句，道出其因憎恶秦桧误国，不苟合取容，遭秦桧嫉恨，不能为国尽力，故闲。第二段西南繁会惟此都，昔有一扬二益之说，尤其西南，成都确是第一繁华都会。虽然犹是华屋填城，内里已经"尽"上来了，达官显宦满朝，惟恐进项不多，谁又为君王爱惜根本，爱惜百姓，珍惜人力物力，励精图治哩！第三段登楼远眺，纵目八表，太阳犹近，京华杳不可及，一片恢服之心，报国之愿都付与苍烟落照。高鸟没于闲云，玉笙沉于凄清，红粉零落，佳人迟暮，亦英才迟暮！第四段收结，嵇阮李杜皆天赋奇杰，旷世英才，我辈今日登楼，何堪望其项背，只能与世沉浮。然荷衣蕙带，野服堪敌华衮，蔬食饮水，蓬茅何输庭阙，不如归隐了吧！

——何焱林

作者简介

李薰，生平不详，《全宋诗》存诗五首。其诗称王钦若、吕大防等已故，复称丙寅岁，当活动于南宋绍兴丙寅（1146）间；诗取自《成都文类》，则李薰为南宋高宗朝成都人。

注释

[1] 大慈寺：成都名刹，始建于魏、晋，极盛于唐、宋，至今1600余年。文化深厚，高僧辈出，唐玄奘曾于此受具足戒，习经论，后赴印度求法。安史乱间，玄宗避难蜀中，曾敕书"大圣慈寺"匾额，赐田千亩，钦点游蜀新罗国三太子无相禅师督建，成96院8542间禅室之宏大寺院，几占东城之半。为唐宋两代文人雅集及农商交易之重要场所。宋代道隆禅师，出家于大慈寺，于淳佑六年(1246年)东渡日本，首传禅法，受嵯峨天皇召见。道隆在日三十二年，弟子众多，与唐代鉴真和尚相伴。道隆示寂后敕赠"大觉禅师"，为日本受禅师谥号之始。得远字：分得以"远"字为韵赋诗。

[2] 搴（qiān）衣：搴通褰，撩。 推挽：下推上挽，努力登楼。

[3] 胡床：一种可以折叠的轻便坐具，又称交床，俗称马夹子。

[4] 填城华屋：杜甫诗："曾城填华屋。"谓满城皆华美建筑。

[5] 日近长安远：长安指南宋首都临安，今杭州，句喻远离中枢。

[6] 梁王吹台：西汉初梁孝王刘武于睢阳筑梁园，并在其中重建吹台。园区广袤，多珍禽奇花，游赏胜地。 得李杜：公元744年，李白从长安至洛阳，与杜甫、高适游梁园登吹台，慷慨怀古。

[7] 黄公酒垆：《世说新语·伤逝》载西晋初尚书令王浚冲乘轺车，经黄公酒垆，谓后车客："吾昔与嵇叔夜、阮嗣宗共酣饮于此垆。竹林之游，亦预其末。自嵇生夭、阮公亡，今日视此虽近，邈若山河。"

[8] 句言稽、阮，王皆千秋高士，我辈岂能攀比？只有与世和光，混混沌沌过日子吧。

[9] 华衮（gǔn）：古代高官世胄华丽服饰，常用以表示位显权重，备极荣宠。

[10] 去梯：用东汉末刘琦求计于诸葛亮事。

[11] 杀马毁车：封印挂冠，息交绝游，退隐林泉。

题先主庙[1]

宋 晁公遡

天地收霸气,丘原余閟宫[2]。
野人相指示[3],旁有若堂封[4]。
当时大耳儿[5],甚似隆准公[6]。
夫岂忘故都,崎岖巴蜀中。
划然成三分[7],正尔陁两雄[8]。
武侯抱遗恨[9],秦陇竟莫通[10]。
独怜晋昌明[11],千载时始逢。
坐看五胡乱[12],萧条河洛空[13]。

诗是宋高宗时进士晁公遡吊刘备之作。刘备为蜀汉开国主,史称先主。诗首先以铺述手法娓娓吟哦,给人视野开阔,起势不凡之感;又天地扩展,霸气聚合,山川旷朗而閟宫显现;野人指点,堂封在旁,别有一番意趣,令人感怀流连。不由得回顾史迹,联想起大耳朵的刘皇叔和高鼻梁的汉高祖来。高祖据关中而兴,掩有天下;先主据两川立业,陁阻两雄。然武侯终身抱恨,未能使秦陇复通。唯晋千载逢时,得鹿其手。五胡乱起,河洛为空。悲乎,历史竟如此不可逆料!

——冯礼台

作者简介

晁公遡(sù),生卒年不详,字子西,济州巨野(今山东菏泽市巨野县)人,晁公武之弟。宋高宗绍兴八年(1138年)进士。其举进士后历官梁山尉、洛州军事判官、施州通判,宋后为提点潼川府路刑狱等。著有《嵩山居士文集》54卷,刊于乾道四年。又有《抱经堂稿》等,已佚。

注释

[1] 先主庙:即蜀汉昭烈帝刘备的寝庙。史称刘备为蜀汉先主。

[2] 丘原:山丘与平原。閟宫:神庙。

[3] 野人:在野之人,郊野之人,田野之人。

[4] 堂封:坟茔,语出《礼记·檀弓》上。此指刘备冢。

[5] 大耳儿:指刘备。刘备因耳大而被称之为大耳儿或大耳翁。

[6] 隆准公:汉刘邦因鼻梁高,后人因而名之。语出南齐吴迈远《长别离》。

[7] 划然:忽然、豁然。

[8] 正:恰好。尔:指刘备。阨:此处同"扼",扼制,遏阻。两雄:曹操、孙权。曹据中原,孙据东吴,受刘备牵制,皆不能大有作为。

[9] 武侯:指诸葛亮。在世时被封为武乡侯,死后追谥"忠武侯"。

[10] 秦陇:秦岭和陇山的并称。今亦指陕西、甘肃之地。

[11] 晋:此指司马炎所建之晋朝,都洛阳,史称西晋。永嘉乱起,匈奴人刘聪等攻破洛阳,掳晋怀帝,晋室举国东迁。宗室司马睿在建康登基,存续晋业,占有东南半壁,史称东晋。

[12] 五胡乱:五胡乱华。五胡指匈奴、鲜卑、羯、氐、羌五个少数民族。西晋末年,北边众多游牧民族内迁,趁八王之乱而陆续建立政权,与汉人政权对峙。百余年间,北方各族及汉人在华北地区建立

了数十个强弱不等、大小各异的国家，其中存在时间较长、具有重大影响力的有五胡十六国。

［13］萧条：寂寥冷落。河洛：指黄河与洛河为中心的中原地区。

成都书事

宋　陆游

剑南山水尽清晖[1],濯锦江边天下稀[2]。

烟柳不遮楼角断,风花时傍马头飞。

苋羹笋似稽山美[3],斫脍鱼如笠泽肥[4]。

客报城西有园卖,老夫白首欲忘归。

诗作于宋孝宗淳熙二年（1175年）冬,陆游50岁,在成都范成大幕府供职。陆游同范成大交谊很深,又以"文字相交",故诗人在那段时间过得比较惬意。首联对四川和成都充满了赞美之辞。他在四川游宦多年,对四川山川地理、风土人情,多所了解,早已把四川当成第二个故乡。颔联写出诗人在美景中所见所感。颈联把成都和家乡做了比较,他觉得成都的野菜竹笋做成的羹汤竟然和家乡稽山的美味十分相似,而成都的鲜鱼滋味也同笠泽所产的鲜鱼滋味一样的肥美可口。这就使他更加热爱这个第二故乡,产生了在成都定居终老的想法。尾联为全诗作总结,也正是诗人要在本诗中表达心中所想。

——殷明辉

作者简介

陆游（1125年—1210年），字务观，号放翁，越州山阴（今浙江绍兴）人，南宋著名诗人。少时受家庭爱国思想熏陶，高宗时应礼部试，为秦桧所黜。孝宗时赐进士出身。中年入蜀，投身军旅，官至宝章阁待制。晚年退居家乡。创作诗歌，今存九千多首，是我国最为高产的大诗人，其内容亦极为丰富。著有《剑南诗稿》《渭南文集》《南唐书》《老学庵笔记》等，传世诗文多达9482篇。

注释

［1］剑南：即剑南道，唐贞观时所设十道之一。位在剑阁之南，故称"剑南"。地域包括今四川省剑阁以南，大江以北，甘肃省蟠冢山以南，云南省东北边境等地。

［2］濯锦江：即锦江，流经成都的主要河流。

［3］苣羹：用菜、肉为材料做成之羹。笋：川中多竹，故亦多笋，如毛竹笋、慈竹笋、斑竹笋等。稽山：会稽山省称，陆游家乡。

［4］斫脍：切割烹饪。笠泽：地名，今江苏吴江一带，著名水乡。

登灌口庙东大楼观岷江雪山[1]

宋 陆游

我生不识柏梁建章之宫殿[2],安得峨冠侍游宴?又不及生在荥阳京索间[3],擐甲横戈夜酣战[4]。胸中迫隘思远游,沂江来倚岷江楼。千年雪岭阑边出,万里云涛座上浮。禹迹茫茫始江汉[5],疏凿功当九州半。丈夫生世要如此,赍志空死能无叹!白发萧条吹北风,手持卮酒酹江中。姓名未死终磊磊,要与此江东注海。

诗人登灌口大楼,远眺雪山,胸襟顿开。前半段对景对物作铺垫,联想到大禹、李冰父子造福大众的治水功劳。到"丈夫生世要如此",话锋一转,直抒胸臆。后半段充分体现一位爱国诗人的豪迈气魄和旷达胸怀,当然也饱含着报国无门、郁郁不得志的忧愤情绪。以诗言志,这才是真实的陆放翁。

——洪君默

注释

[1] 灌口：今都江堰。

[2] 柏梁、建章：西汉柏梁台、建章宫。

[3] 京索：秦汉时地域名，在今河南荥阳市南部，东起豫龙镇京襄城，西至索河一带。汉刘邦二年（公元前205年）汉败项羽兵于此。或曰在京县索亭之间。

[4] 摜（huàn）：穿、贯。

[5] 禹迹：大禹治水自岷江始。

九月三日同吕周辅教授游大邑诸山

宋 陆游

大邑知名杜叟诗[1]，山中仍值菊花时。
节旄落尽羁臣老[2]，髀肉生来壮士悲[3]。
豪举每嫌杯绿浅[4]，痴顽颇怪鬓丝迟。
广文别乘官俱冷[5]，相伴宽为五日期。

> 诗人于宋淳熙二年（1175年）任蜀州（今崇州）通判，就近连日与友人游大邑的鹤鸣山、云雾山、西岭雪山等。这是一首旅行诗，虽写景着墨不多，却借景生情，以景抒怀，来写诗人到老壮志未酬、报国无门。陆游是一位爱国诗人，其诗作多有这方面的寄托。
>
> ——洪君默

注释

[1] 杜叟诗：杜甫有"窗含西岭千秋雪"之句，西岭在大邑县境内。

[2] 羁臣：此借汉苏武自况。

[3] 髀肉生：刘备久不骑马，致髀肉复生故事。

[4] 杯绿：杯中绿酒。

[5] 广文：指教官周辅，暗喻辅为杜甫好友广文馆学士郑虔。别乘：别驾，时游为蜀州判官，有别驾待遇，都是闲冷之官。

广都江上作 [1]

宋 陆游

微波不摇江，纤云不行天。我来倚杖立，天水相澄鲜。
平远望不尽，日落自生烟。梅花耿独立，雪树明前川。
好风吹我衣，春色已粲然。东村闻酒美，买醉上渔船。

此诗咏广都江之所见，冬末初春景色，跃然纸上，平野落日，一片空旷，形象开阔，令人胸臆为之开朗。白话如初，自然流畅，全诗一气呵成。不用典，却如行云流水，好诗贵在景从心中而出，非高手不能至此。

——洪君默

注释

[1] 广都江：今府河。

弥牟镇驿舍小酌 [1]

宋 陆游

邮亭草草置盘盂,买果煎蔬便有余。

自许白云终醉死,不论黄纸有除书[2]。

角巾垫雨蝉声外[3],细葛含风日落初[4]。

行遍天涯身尚健,却嫌陶令爱吾庐。

这首诗是诗人路过弥牟镇,于驿站小酌的即景诗。草草杯盘,而将眼前所见所闻信手拈来入诗。尾联以陶渊明隐居不出来衬托诗人以四海为家、忧国忧民的情怀。虽生活小事,诗人却能以小见大,直抒胸臆,即此诗比兴之妙用。

——洪君默

注释

[1] 弥牟镇:在今成都市新都区,相传是诸葛亮演兵布阵的旱"八阵图"所在地。

[2] 除书:朝廷授官诏令用黄纸书写。

[3] 角巾:有棱角的头巾。

[4] 细葛:细葛布做成之衣,夏日多穿。《史记·太史公自序》:"夏日葛衣,冬日鹿裘。"

自小云顶上云顶寺[1]

宋 陆游

素衣虽成缁[2]，不为京洛尘[3]。

跃马上云顶，欲飞呼仙人。

飞仙不可呼，野僧意甚真。

煎茶清樾下[4]，童子拾坠薪。

我少本疏放，一出但坐贫[5]。

缚裤属橐鞬[6]，哀哉水云身[7]。

此地虽暂寓，失喜忘吟呻[8]。

故溪归去来，岁晚思鲈莼[9]。

这首诗前八句写"跃马上云顶"的快意及对僧人盛情接待的感激。后八句抒发难遂平生报国救民之愿的内心隐痛，聊混饭吃，无所作为，不如归去吧。

——伍蔚冰

[1] 云顶寺：成都市金堂县云顶山风景区内有相距2.5公里的大小云顶山，云顶寺在大云顶山上，建于南北朝，康熙时重修。

〔2〕素衣：白色之衣。缁（zī）：黑色。

〔3〕京洛尘：奔走求官，衣染京洛尘土。

〔4〕清樾：清凉的树荫。

〔5〕坐贫：遭贫，因贫，守贫。

〔6〕缚裤：军装。櫜鞬：弓箭袋。

〔7〕水云身：身似水流动不息，像云漂浮不定。

〔8〕失喜：本意为喜极，杜甫《远游》："似闻胡骑走，失喜问京华。"此为喜而忘忧。

〔9〕鲈莼（chún）：鲈鱼莼菜，用晋张翰事，示故乡之思。

谒石犀庙 [1]

宋 陆游

闲过石犀祠,登堂一叹欷。
江回陵谷变[1],碑断市朝非[3]。
荒圃连寒垄,斜阳映夕霏。
兴亡俱作梦,惆怅跨驴归。

得空游览石犀庙,引来一番感慨。颔联写沧海桑田之变。昔日繁华集市,如今只剩荒圃、寒垄,伴着斜阳夕霏,一派落寞之景。尾联以兴亡如梦,令人感慨深重。

——杜 均

注释

[1] 石犀:据称秦太守李冰作石犀牛沉江,以镇水怪,古代有纪念祠庙。

[2] 陵谷:丘陵和山谷。

[3] 碑:诗人自注:"有王蜀时修庙碑铭。"王蜀指王建所建立的前蜀政权。市朝:指市场和朝廷。

雨夜怀唐安[1] ——宋 郑獬

归心日夜逆江流,官柳三千忆蜀州。

小阁帘栊频梦蝶[2],平湖烟水已盟鸥[3]。

萤依湿草同为旅,雨滴空阶别是愁。

堪笑邦人不解事,区区犹借陆君留。

  诗人对蜀州山水风光、人文名胜乃至鸥鹭草虫皆有情,特别欣赏纯朴的民风。在日夜兼程中,想到蜀州八景的市桥官柳,然后是小阁窗前梦蝶,平湖烟波飞来飞去的鸥鸟。从夜间草丛中的萤火虫、雨滴空阶的忧虑,到1173年接任蜀州通判受到崇州邑人的爱戴,让他原有的愤懑之心得以化解,转而深深爱着这片故乡之外的土地。所以他将心长久地留在这里。该诗用典清雅,以梦蝶与盟鸥对偶成联,将崇州人文风光写得惟妙惟肖。清人《随园诗话》有"诗重其性情",放翁以"堪笑邦人不解事,区区犹借陆君留"又何尝不是?

——杨振兴

作者简介

郑獬(1022年—1072年),字毅夫,号云谷,江西宁都梅江镇西门人,因他的祖父前往湖北安陆经商,便寄居于此。商籍人安陆,详载宁都州志,少负隽才词章豪伟,宋皇佑壬辰科举人,癸巳状元及第,初试国子监谢启曰,李广才气自谓无双。

注释

[1] 唐安:即蜀州,今崇州,陆游曾任蜀州通判。

[2] 梦蝶:梦已成蝶,语出《庄子·齐物论》:"昔者庄周梦为胡蝶,栩栩然胡蝶也;俄然觉,则蘧蘧然周也,不知周之梦胡蝶与?胡蝶之梦为周与?"

[3] 盟鸥:谓与鸥鸟为友。比喻隐退。语出陈造《次丁嘉会韵》之二:"岁晚鸥盟要重寻。"

最高峰望雪山 [1]

宋 范成大

大面峰头六月寒,神灯收罢晓云班[2]。
浮空忽涌三银阙,云是西天雪岭山[3]。

  诗人未明登上赵公山主峰,似欲观日出,伫立山头良久,致有六月犹寒之感。"神灯"渐隐,天已破晓,朝暾初露,晓云斑斓,浮空忽涌银阙者,曙光初照,西方山头皑皑白雪耀眼如银,不言日出,日已出矣! 三银阙,殆非西岭雪山乎?

——何焱林

作者简介

范成大（1126年—1193年），字至能，一字幼元，早年自号此山居士，晚号石湖居士，平江府吴县（今江苏苏州）人。南宋名臣、文学家、诗人。

注释

［1］最高峰：都江堰市境内群山主峰赵公山，亦称大面山。

［2］神灯：夜间山中燐光闪闪，传为群岳夜朝青城山之灯火。班：古同"斑"，色彩斑斓。

［3］雪岭山：西岭雪山。

三月二日北门马上 〔宋〕范成大

新街如拭过鸣驺[1]，芍药荼䕷竞满头[2]。
十里珠帘都卷上，少城风物似扬州[3]。

  范成大是古代用诗深情歌颂西蜀成都的外乡人之一。诗人以轻捷、欢快的笔触，为读者勾画出一幅靓丽绚烂的春日成都风俗画。新街如拭，芍药、荼䕷满头，明净而热烈！并巧妙化用唐人杜牧《赠别》句："春风十里扬州路，卷上珠帘总不如"，更进一步：十里珠帘都卷上，少城风物似扬州。绘声绘色，让人想煞！

——周 蓉

注释

[1] 鸣驺（zōu）：显贵驾车出行。孔稚圭《北山移文》："及其鸣驺入谷。"

[2] 芍药：毛茛科芍药属，多年生草本。叶互生，椭圆形或卵形，初夏之间开花，形似牡丹，有红、白、紫等色。根可入药。荼蘼：一作酴醾，荼䕷。落叶灌木，以地下茎繁殖。荼蘼开在春末夏初，凋谢后即表示花季结束，所以有完结的意思。宋王琪诗《春暮游小园》："开到荼蘼花事了"即述其意。

[3] 少城：即今日所说成都少城，此处代指成都。

离堆行 [1]

宋 范成大

残山狠石双虎卧,斧迹鳞皴中凿破[2]。
潭渊油油无敢唾[3],下有猛龙跧铁锁[4]。
自从分流注石门,西州粳稻如黄云。
刲羊五万大作社[5],春秋伐鼓苍烟根。
我昔官称劝农使,年年来激西江水。
成都火米不论钱[6],丝管相随看蚕市[7]。
款门得得酹清尊[8],椒浆桂酒删膻荤。
妄欲一语神岂闻?更愿爱羊如爱人。

诗开篇两句说李冰凿开玉垒山兴修江堰水利工程之事,三四句是说李冰曾制服岷江孽龙,锁于离堆下的伏龙潭中。都江堰造福成都平原,使之"粳稻如黄云"。当地百姓在春秋两季都要举行大型祭祀活动,纪念李冰的功绩,宰羊达五万头之多。诗人清楚成都歌舞升平、物阜民丰,实受惠于都江堰,诗人也向神灵献上一言:要祭酒,不要祭羊,像爱护人一样爱护羊,表现了诗人仁民爱物之精神。

——杜 均

注释

[1] 离堆：即离山之堆，这里指李冰开凿宝瓶口时凿出来的石料，堆在那里形成的石堆。

[2] 皴（cūn）：本意为皮肤开裂，此指山石裂纹。

[3] 油油：水流的样子。

[4] 踡（quán）：同"蜷"。

[5] 刲（kuī）：刺，杀。

[6] 火米：先蒸后炒的稻谷。据《后山丛谈》载："蜀稻先蒸而后炒，谓之火米，可以久积。"

[7] 蚕市：蜀中正月至三月的市集谓蚕市。自州城至属县循环十五处，多货蚕农之具及花木果药杂物。

[8] 款门：扣门。

题龙华佛阁

宋 何耕

西川凿山三大像[1]，突兀皆在江之湄[2]。修觉九顶见略尽，独此恨未瞻容仪。褐来胜地了畴昔[3]，轻轩瘦马相追随[4]。百尺金躯信雄杰，三乘宝阁何瑰奇[5]。燃犀不用照幽鬼[6]。击鼓自合趋冯夷[7]。前人开拓愿力广，下与舟楫扶倾危。六月滩涛剧奔吼，一分性命争毫厘。篙工落胆行者泣[8]，弹指乞活天人师[9]。人心狎水水多祸，佛力在人人不知。年来蜀产坐朘削[10]，夜半有力真能移。轲峨大艑去不绝[11]，彩鹢破浪风扬旗[12]。慈悲但作布施想[13]，江神虽怒将何为？

诗为礼佛作，颂佛力广大，写民生艰困。"六月滩涛剧奔吼"四句，写盛夏水涨，篙工行旅，性命只在毫厘之间，稍一不慎，船毁人亡。照诗人之意，龙华山佛洞正是前人为镇滩涛所兴。佛洞修成，夜半真有大力者移除险滩，水患遂绝，所谓"彩鹢破浪风扬旗"，正是佛力所致。这不过是诗人之愿望，佛力岂能绝滩涛之险，洪水之患？"人心狎水水多祸，佛力在人人不知"，有警世义，洪水虽然为祸，然能识其祸患所由，知水之性，时刻警惕，亦能趋利避害。所谓佛力即在人力，能用己心力体力防患未然，自保保人，何须向佛顶礼膜拜！

——何焱林

作者简介

何耕（1127年—1183年），宋汉州绵竹人，字道夫，号怡庵。高宗绍兴十七年（1147年）四川类试第一。累擢嘉州守，有惠政，与何逢原、孙松寿、宋诲号四循良。孝宗淳熙中历户部郎中、国子祭酒，出知潼川府。

注释

[1] 三大像：三大佛像。宋川中三大摩崖造像分别在修觉山、九顶山、龙华山。

[2] 湄：水边。

[3] 曷（hé）：通"盍"，何不。畴昔：往昔，从前。此指从前所愿。

[4] 轻轩：轩，车。轻轩，轻车。

[5] 三乘：佛教证悟之三径，所谓声闻乘、独觉乘、佛乘，佛乘亦称大乘。此处三乘宝阁借指三重殿宇。

[6] 燃犀：刘宋刘敬叔《异苑》："晋温峤至牛渚矶，闻水底有音乐之声，乃燃犀角而照之。须臾，水族覆火，奇形异状。"后以燃犀作烛照幽微之典。

[7] 击鼓：《诗·邶风》篇名，此处有击鼓用兵之义。冯夷：水神名。

[8] 篙工：船工，此指专门用篙竿撑船之船夫，夏日水高船急，篙工要时时注意暗礁险滩，有时一急索打下去，大船船头亦会扬起，以避开船毁人亡悲剧。

[9] 天人师：佛陀十号之一，人、天皆以佛为师。

[10] 朘（juān）：减少。

[11] 轲峨、大艑（biàn）：皆指大船。

[12] 彩鹢[yì]：船头画鹢之船，泛指船。

[13] 布施：佛家六度之一，将己之物，施舍于人。

青羊宫

宋 何耕

一再官锦城，咫尺望琳宫。

未始得得来[1]，正望役役中[2]。

今朝弄晴雨，策蹇随春风[3]。

颇爱意象古，停骖小从容[4]。

缥缈百尺台，突起凌半空。

凭栏俯修竹，决眦明孤鸿[5]。

信哉神仙宅，不受尘垢蒙。

稽首五千言，众妙一以通。

静观万物复，岂假九转功[6]。

区区立训诂[7]，亦哂河上公[8]。

痴人慕羽化[9]，心外求鸿蒙[10]。

要附白鹤背，往访青羊踪。

  诗人常做官于成都，景仰道教圣地。今日忽晴忽雨，乘春风走马至青羊宫，赏景登楼，天有飞鸿，地有修竹，真乃神仙境界。想着老子五千言道德经，静观周而复始的世间万物，果然如经中所言，生稽首之念。对之作区区训诂的河上公，怎能解释书中的众多奥妙呢。痴愚之人，心外求鸿蒙之境，其可得乎？要之，附白鹤之背，去青羊宫吧。

  诗为古风，一韵到底，轻松自然，观景思古，纵情写意。景仰道宗，崇尚自然，不受道箓，而达道义。

——蔡长宜

注释

[1] 得得：特地，专门。

[2] 役役：随意，漫兴。

[3] 策蹇：鞭策劣等马或跛脚驴。此自谦之词。

[4] 停骖：停车。

[5] 决眦：睁大眼睛。

[6] 九转：道家语。丹砂炼为汞，汞复为丹砂，一次循环谓一转，九转谓多次循环。

[7] 训诂：指解释典籍中的含义。

[8] 河上公：指为老子《道德经》注释者。

[9] 羽化：道教谓得道成仙为羽化。

[10] 鸿蒙：此指逍遥无羁之境界。

成都

宋 汪元量

锦城满目是烟花,处处红楼卖酒家。
坐看浮云横玉垒,行观流水荡金沙[1]。
巴童栈道骑高马,蜀卒城门射老鸦。
见说近来多盗跖[2],夜深战鼓不停挝[3]。

  诗人到繁花似锦的成都,近观烟花酒家,远赏玉垒浮云,清澈流水,可见金沙,见巴童骑马过栈道,蜀卒射鸦于城门,却能居安思危。夜深也不停地擂战鼓,以警世人。

  诗首联赞成都,颔联写远景。颈联写人物,以巴童对蜀卒,对仗工整而形象丰富。尾联写居安思危警钟长鸣。实为妙笔也。

——蔡长宜

作者简介

  汪元量(1241年—1317年),钱塘(今浙江杭州)人,字大有,号水云,亦自号水云子、楚狂、江南倦客。南宋末诗人、词人,宫廷琴师,咸淳年间进士。著有《湖山类稿》五卷、《水云集》一卷传世。

注释

[1] 金沙：古代江中有金沙。

[2] 盗跖：春秋末期侠盗，名跖。

[3] 挝：敲打。

元
YUAN
成都历代经典诗词

自仁寿回成都

元 虞集

还乡思速去乡迟，王事相縻敢后期[1]？
里父留看题壁字[2]，山僧打送舍田碑[3]。
胡桃筇竹南方要[4]，卢桔枇杷上国知[5]。
此日君亲俱在望，徘徊三顾欲何之[6]。

此诗作于自仁寿回成都的路上。诗人因皇命差遣长期公干在外，此次终于有还乡的机会，故作此诗。首联表达还乡的心绪，往昔尽心王事不敢延慢，而今返乡心切格外愉悦。"还乡思速去乡迟"，既是行为的表现，亦是心绪的流露。颔联写初离乡时事，邻里因父老留其看作者当年题壁之字，山中和尚打送作者舍田之碑。颈联写途中所见家乡物产丰饶。家乡多么可爱，惹人流连啊！家国君亲皆难舍！故踟蹰道路，徘徊难行。全诗明快而对仗工稳，佳作也！

——冯礼台

作者简介

虞集(1272年—1348年),字伯生,号道园,世称"邵庵先生",祖籍仁寿(今属四川省眉山市仁寿县)。元代著名学者、诗人。成宗大德(1297年—1307年)初,以荐授大都路儒学教授,历国子助教、博士。文宗时累除奎章阁侍书学士。曾领修《经世大典》,著有《道园学古录》《道园遗稿》等。

注释

[1] 王事:皇命差遣的公事。縻:此指因王事相羁绊,不敢失期。

[2] 里:街坊邻里。里父:父老乡亲。

[3] 舍田碑:此指诗人在乡舍田做善事或兴建、修葺佛寺等,山僧制碑赠送,以褒其善举。

[4] 胡桃:俗称核桃。原产美洲、欧洲、西南亚,自西域传入,故称胡桃。筇竹:在云南叫罗汉竹,在四川叫宝塔竹、算盘竹,西南地区特有竹种,是国家三级保护的稀珍竹种。

[5] 卢桔:金桔别称。汉司马相如《上林赋》:"卢桔夏熟,黄甘橙楱,枇杷橪柿,亭柰厚朴。"上国:诸侯或蕃邦对中央或中心大国的敬称。

[6] 三顾:徘徊不前,再三顾望。

王庶山水 〔元〕虞集

蜀人偏爱蜀江山，图画苍茫咫尺间。
驷马桥边车盖合[1]，百花潭上钓舟闲。
亦知杜甫贫能赋，应叹扬雄老不还。
花重锦官谁得见，杜鹃啼处雨斑斑。

　　此诗为题画诗，将画中所图景烘托而出，成都胜景，蜀之江山。盈盈尺幅之间。有驷马桥边车轿，百花潭上钓舟，拜草堂思杜甫贫而能赋。寻故宅叹子云老未还乡。"花重锦官"谁又得见？唯春雨潇潇中杜鹃声声啼鸣，令人长怀蜀国风光人文。

　　此乃七律诗，对仗工稳，花中美景宛然而出。结句犹具渲染力度。

——蔡长宜

[1]驷马桥：原名升仙桥，成都北门外，后人纪念司马相如，改名驷马桥。

归蜀[1]

元 虞集

我到成都住五日,驷马桥下春水生。
过江相送荷主意[2],还乡不留非我情。
鸬鹚轻筏下溪足,鹦鹉小窗呼客名。
赖得郫筒酒易醉[3],夜深冲雨汉州城[4]。

虞集祖籍四川仁寿,生于湖南衡阳。自小对故乡充满热爱向往。入仕后得到"代祀西岳"的差事,远道还乡,终遂平生所愿。这首诗写出了归来游子对故乡的一往深情。

——伍蔚冰

注释

[1]《归蜀》:一作《代祀西岳至成都作》。

[2] 荷(hè):感戴,承受。主:当指成都之地方官员。

[3] 郫筒:郫县酿酒用竹筒,有殊香,传始于晋代县令山涛。

[4] 汉州:今广汉市,为历代州治所在。

蜀江春晓

元 丁复

蜀江二月桃花春，仙子江头裁锦云[1]。
牙樯定子双荡桨[2]，兰叶冲波愁杀人[3]。
浣花诗客茅堂小[4]，醉眼看春狎花鸟。
柳絮抛风乳燕斜，画帘卷雨啼莺晓。
蘼芜草生兰叶齐[5]，碧流黛石清无泥。
郫筒有酒君莫惜，明日残红如雨飞。

  这首七言古诗大抵写的是诗人当时所见所思：沿江而行，夹岸桃花中，有浣女濯锦，船家荡舟；草堂晨光里，见柳絮飘扬，乳燕斜飞；结句引出人生感悟——好花不常开，有酒当畅饮。

——伍蔚冰

作者简介

  丁复，生卒年不详，字仲容，号桧亭，浙江天台人。少时即有诗名，延祐初北游京师，公卿大夫奇其才，与杨载、范椁等一同被荐，拟授馆阁之职，不就。寓居金陵，其南窗有两棵桧树，诗集便名为《桧亭集》。《元诗选·二集》选入丁复诗126首。生平事迹见《草堂雅集》卷八等。

注释

[1] 仙子：二月蜀江桃花嫣红一片，疑为仙子裁锦云而成。

[2] 牙樯：牙饰桅杆，一说桅杆顶端尖锐如牙，故名。北周庾信《哀江南赋》："苍鹰赤雀，铁轴牙樯。"桅杆美称。碇子：即碇子，锚碇，有石质与铁质等。

[3] 兰叶：小船。

[4] 浣花诗客：指杜甫。

[5] 蘼芜：多年生草本植物。茎高尺许，羽状复叶，风干后可以做香料。花白色。古人相信蘼芜可使妇女多子。

明 MING

成都历代经典诗词

游草堂

明 陈南宾

西出秦关道路长,岷峨东望郁苍苍。
蓬莱三赋旧无敌[1],同谷七歌今可伤[2]。
茅屋秋高风瑟瑟,布衾铁冷雨床床。
浣花溪上应回首,千载令人忆草堂。

自杜甫去蜀以后,草堂就成为成都文化遗迹。诗人游草堂,首先想到的是杜甫翻越秦岭到成都的艰辛,在蓬莱宫向玄宗皇帝献"三大礼赋"时之兴高采烈。及"同谷七歌"等。诗善于抓关键,提炼出杜甫人生最得意和最潦倒的时段,具有极高的艺术概括力和感染力。

——杜 均

作者简介

陈南宾,生卒年不详,名光裕,元末明初人,明朝著名书法家、清廉科举主考官,诗文清劲有法。

注释

[1] 蓬莱宫：唐宫名，在陕西省西安市北龙首原上。原名大明宫，高宗时改为蓬莱宫。始建于太宗贞观八年（634年），是唐太宗为其父李渊消暑而建。初名永安宫，曾多次易名。

[2] 同谷：古县名。因区内二水同聚一谷得名。旧名武街城。唐宝应中地入吐蕃。咸通末复置，为成州治所。元初废入成州。治所在今甘肃康县。

山居写怀 明 楚山

老年落魄爱林泉,不欲区区走市廛[1]。
茅屋竹林聊寓迹,布衣蔬食但随缘[2]。
月明树杪猿声切[3],日暖花间蝶影翩。
闲对青山开冷眼,劫前风景自昭然[4]。

楚山为临济宗高僧,此诗抒老时情怀,不故作禅语,横出机锋,而是平和冲融,如村学究娓娓而道。然明月猿声,花间蝶影,禅意在其中矣!闲对青山,昭然风景,禅修不深者不能达此境界。

——何焱林

作者简介

楚山(1413年—1473年),生于蜀唐安(今四川省崇州市),临济宗南岳二十六世法系传人。9岁出家,一生建树颇多,著有《尚亘篇》等,力驳朱熹排佛思想,为明代佛教临济宗代表人物。成都龙泉山天成寺(今石经寺)为其驻锡地之一,成化九年(1473年)于此坐化。真身毁于1966年。

注释

[1] 市廛：市中商铺，亦指市集。

[2] 随缘：随遇而安，随外在条件而行、止。唐钱起《送僧归日本》："上国随缘住，来途若梦行。"

[3] 杪（miǎo）：树枝梢头。

[4] 劫前：释家指在生时。

扬子云故宅　明　周洪谟

雪岭矗玉笔，锦江泂练纹。

山川发灵气，蜀郡生子云。

寂寞性所忍[1]，雄谈坐不闻[2]。

墨池染奇字，可但书八分。

法言准论语[3]，太玄索羲文[4]。

始也食汉禄，骎骎近妖氛[5]。

天械脱已晚[6]，投阁非其君[7]。

愧之太乙杖，吹嘘纵千焚。

执是论出处，幽兰断奇芬。

临风重太息，宿辙何纷纷。

　　诗人到扬雄故宅而生感叹，雪岭如笔，锦江如练。赞山川灵气，集子云一身。言子云因口吃不与人雄谈相争，但其书法可比蔡邕八分书。著述《法言》可与孔子《论语》相提并论，所著《太玄》直溯文字始祖伏羲。始食汉皇之禄，叹其不遇明主。至脱羁縻已届晚年。可惜经天纬地，执太乙杖之才，纵被夸夸其谈者千焚万炼。但如此论出处，幽兰也要断其芳菲了。故诗人于雄故宅临风三叹，"尘俗之辙，尘俗之论"，何其纷纷！

南宋偏安，朱熹等始贬低扬雄，使扬学长期淹滞，周洪谟
之识见，出人一头地。

——蔡长宜

作者简介

周洪谟（1421年—1492年），字尧弼，四川长宁人。明正统十年（1445年）进士及第，殿试榜眼，并授翰林院编修一职。礼部侍郎，左侍郎，后升至礼部尚书加太子太保。

注释

[1] 寂寞：扬雄不慕荣利，潜心学术，性由天成，耐得住寂寞。

[2] 雄谈：雄口吃，不健谈，故常缄默不语，同座不闻其谈锋。

[3] 法言：扬雄仿《论语》作《法言》。

[4] 索羲文：伏羲画八卦，《易经》说卦肴，扬雄仿《易经》草《太玄》。

[5] 骎骎：本指马跑得快，此处意为积极投向。妖氛：指王莽篡汉。扬雄有《剧秦美新》之论，仿司马相如封禅文，论秦之暴政而称美新莽。取悦王莽，以求免祸。

[6] 天械：天之桎梏，指官阶爵禄，利锁名缰。

[7] 投阁：《汉书·扬雄传》下：刘棻曾向雄问古文奇字。后棻被王莽治罪，株连扬雄。狱吏往捕，时雄正校书天禄阁，恐不能免，乃从阁上跳下，几乎摔死。后有诏勿问。

和余子俊玄武山圣泉原韵[1]

明 杨春

丹崖翠壁接云巅，玄武西山涌圣泉。
一水静中拖绿黛，万松深处响冰弦[2]。
登临恍讶昆仑顶，倡和浑疑太华前[3]。
缅想昔人增感慨[4]，数声啼鸟度晴烟。

　　此为唱和诗，用其友余子俊原韵，极力渲染玄武山及山中圣泉，山光绿黛映于静水中缓缓流动。松林深处高高低低的流水声如琴弦响动，登高如上昆仑。酬和似于华山（"和""华"字读仄声），此时在阳光下追思古人，听着啼鸟而平添感慨。

——蔡长宜

作者简介

　　杨春（1436年—1515年），字元之、留耕，四川新都（今成都市新都区）人。杨慎祖父，成化十七年（1481）中进士，督学湖广。曾任行人司司正和湖广提学佥事，晚年辞官回乡办学。

注释

[1] 玄武山：位于四川省中江县。初唐王勃在与卢照邻等人游历时写下五律《圣泉宴》，明代兵部尚书余子俊作七律步王勃韵，杨春再和余子俊诗。

[2] 冰弦：琵琶。

[3] 倡和：即唱和，以原韵及格律赓和他人之诗或词。太华（huà）：即华山。

[4] 缅：遥远。

毗桥[1] 两渡

明 卢雍

桥断毗江路，残霞水底天。
渡边还有渡，莫怪急呼船。

  这是表现成都之美的一首诗。断桥旁边渡口水面上映着晚霞的余晖，艄公正将最后一位旅人摆渡。此刻有旅行者急急赶来，高声疾呼，唯恐错过最后渡河的机会。在天水相连中的残霞是静止的，而起动的渡船与急速赶渡的旅人却处于动态，让读者感受到断桥两渡的优美，让人遐想。正是"诗人笔下出美景，人人共有之意，其见之景，一经说出便妙。"（语见《随园诗话》）。

——杨振兴

作者简介

卢雍,字师邵,江苏吴县人。明武宗正德六年(1511年)进士,授监察御史。武宗北巡宣按,欲建行宫,雍上书谏,罢役。正德十三年(1518年)以监察御史巡抚四川,有惠政。后迁四川提学副使,未到任,卒。有《古园集》。

注释

[1] 毗(pí)桥:新都毗河桥梁,后成地名。

锦城夕

明 杨慎

锦波澄霁色[1]，丹楼生晚辉。
江光二流暝[2]，桥影七星稀[3]。
犹明叔度火[4]，未息文君机[5]。
南陌骖騑度，东城钟漏微。

诗首联敷色明艳，写出锦城傍晚的华艳秀丽。颔联从地上到天中，气象开阔。颈联用典，二典都来自成都，从傍晚这一角度来写成都的繁华。廉叔度准民燃灯夜作，故至深宵灯火未灭，织机犹作。见成都人民之勤劳。尾联提及南陌东城，用"互文见义"手法。

——杜　均

作者简介

杨慎（1488年—1559年），字用修，初号月溪、升庵，又号逸史氏、金马碧鸡老兵等，四川新都（今成都市新都区）人。明代著名文学家，明代三才子之首，东阁大学士杨廷和之子。

注释

[1] 霁：雨雪停后天气放晴。霁色：天空晴后之蓝色。

[2] 二流：郫江、流江。

[3] 七星：传李冰治蜀，沿河修桥七座，以应北斗七星。

[4] 叔度：东汉蜀郡宁廉范字。《后汉书·廉范传》："成都民物丰盛，邑宇逼侧，旧制禁民夜作，以防火灾，而更相隐蔽，烧者日属。范乃毁削先令，但严使储水而已。百姓为便，乃歌之曰：'廉叔度，来何暮？不禁火，民安作。平生无襦今五绔。'"叔度火即灯火。

[5] 文君：卓文君，古男耕女织；文君代指成都女子，文君机者织机也。

草堂寺

明 杨慎

劫毁栾巴火[1],碑失周颙字[2]。
试问坐禅僧[3],犹记梁朝事。

草堂寺创建于南北朝早期,该诗叙说草堂寺历史上几经更迭的遭遇。一、二句用典,栾巴是东汉成都人,传有道术,皇帝赐酒,栾巴不饮却朝西南方向喷吐,灭了成都一场大火。南朝刘宋时期,厉锋将军周颙入蜀,周颙工隶书,喜欢草堂寺,以为"林壑可怀",留有碑文。两句说草堂寺曾遭遇火劫,碑文也无迹可寻。因此诗人问坐禅的老僧,还记得哪些年代久远的故事吗?梁朝尚佛,故说梁朝。

——杜 均

注释

[1] 栾巴：字叔元，东汉蜀郡人，一说魏郡内黄人。顺帝时以宦者给事掖庭，补黄门令，非其好也。性质直，学览经典，虽在中官，不与诸常侍交接。后阳气通畅，白上乞退，擢拜郎中。四迁桂杨太守，以郡处南垂，不闲典训，为吏人定婚姻丧纪之礼，兴立学校，以奖进之。政事明察，视事七年，病乞骸骨。辞官后结婚，并生下儿子栾贺，栾贺官至云中太守。巴是净身未净之宫监。传其有道术，在洛阳一次宴会上，喷酒为雨，浇灭成都一场大火，诗用其事。

[2] 周颙：约473年前后在世，字彦伦，汝南安城人。周颙言辞婉丽，工隶书，兼善老、易，长于佛理。初为刘宋益州主簿。南朝宋明帝颇好玄理，以颙有辞义，引入殿内。碑为颙官蜀时所书。

[3] 坐禅：禅为梵语禅那之简称，坐禅为佛教修行之一种，盘腿趺坐，闭目静修，排除诸念，达于空明。

丹景山遇双池[1] 明 杨慎

苔壁萝龛大士家,连层兰若愿王车[2]。
招提仿佛齐同泰[3],景物依稀晋永嘉[4]。
鸭绿桥头歌绿水,牡丹坪上眺丹霞。
棋局移时敲涧竹[5],壶觞昨夜醉檐花[6]。
披林记别聊随喜,金薤银钩墨似鸦[7]。

  彭州丹景山北麓的牡丹坪即今丹景山景区丹霞园一带,是古时享有盛名的天彭牡丹观赏地。陆游专门考察此处并著《天彭牡丹谱》,誉为"牡丹在中州,洛阳为第一,在蜀则天彭居首"。杨状元游丹景,正值谷雨后牡丹盛开,翠围中见"连层兰若"堪与梁朝同泰寺相比。再置身于丹溪,绿水流淌如歌,坪上牡丹灿若云霞的人间仙境。由眼前景物联想梁武帝萧衍三入同泰寺出家之事,幽思怀古,叹西晋永嘉之乱,怀帝被掳,大学者岂能不诗思迸涌?何况又与余家"双池"相会于此,弈棋谈古、赋诗畅饮,留下这金薤般的美文佳句,自在情理之中。

——高森信

注释

[1] 双池：人名，即佘鹤池、草池兄弟。

[2] 兰若（rě）：梵语阿兰若省称，即庙宇。愿王：佛陀，佛发愿力行，故称愿王。

[3] 招提：梵语拓斗提奢误省，寺院别称。同泰：南齐所建寺庙，梁武帝萧衍曾三次入内舍身，又令大臣等用多金将他赎回。

[4] 永嘉：晋怀帝年号（307年—313年）。

[5] 涧竹：涧边之竹。棋至难解时敲竹沉思，或胜、败时敲竹叹婉。

[6] 檐花：雨水或露珠，滴落如花。

[7] 金薤：倒薤书的美称。喻文字之优美。

送福上人还青城 —— 明 杨慎

青城三十六高峰,寺在青峰第几重?

飞锡曾闻经雪岭[1],结茅常爱住云松。

花飘香界诸天雨[2],金吼霜林半夜钟[3]。

传语禅关休上锁,虎溪他日会相从[4]。

　　此诗是诗人送友人回青城山时之作,说明其时释、道共处一山,非道教独据。首联点明地点,以三十六峰喻山之深远,反过来问寺在青峰第几重,让人有种高深莫测的感觉,诗用反问语往往能增加读者的印象。结句来个"空门不用关",首尾呼应,贴切自然,还表达来日重聚的寄语,送友诗写到这程度也属炉火纯青。

——洪君默

注释

[1] 飞锡：锡指锡杖，飞锡借称游方僧。

[2] 香界：佛寺。诸天：佛教指护法众天神，神界众神位，后泛指天界，天空。

[3] 金吼：佛陀讲经，声震世界。霜林：染霜之林，此处指丛林清肃。

[4] 虎溪：庐山东林寺下溪，传有虎守护，故名，此用晋释惠远与陶潜、道士陆静修共话故事。

百花潭

明 范涞

百花潭接浣花溪[1],饶笑堂开傍水西[2]。
新绽夭桃带微雨,轻飞柳絮半沾泥。
寻芳力倦年非壮,怀古愁多日欲低。
回首白云家万里,深林偏喜杜鹃啼。

诗首联写百花潭位置。颔联"夭桃带微雨""柳絮半沾泥"鲜活如实地描绘出百花潭边的美景,"新绽"缀"夭桃""轻飞"饰"柳絮",真个叫春和景明跃然纸上。颈联"日欲低"补明了诗人在溪畔寻芳已久,自感力倦而觉"年非壮",见柳絮沾泥而怀古生愁,并借"日欲低"转尾联遥望白云而思念万里之外的屯溪老家,在乡思与仕愁的交织中,耳边忽闻杜鹃啼鸣,让读者随诗人游春赏景而伤春生愁,神思远逸而后返归蓉城西郊"百花潭接浣花溪"的自然与人文美景。

——高森信

作者简介

范涞(约1560年—1610年),字原易,号唏阳,黄山市屯溪区奕棋乡林塘村人,明万历二年(1574年)进士。

注释

[1] 百花潭:古百花潭遗址在今杜甫草堂西南的龙爪堰。唐、五代时是成都著名的郊游胜地。宋代以后,水系变动,原来的潭址已淤没不存。清末,黄云鹄寻访古迹,认定现在的这一水潭为百花潭,至此百花潭复现于世。

[2] 饶笑:多笑;或作恕饶之饶,饶笑即免笑。

题蜀山图

明 马德华

翠壁苍岩峭入天,雨余草木带春烟。
锦江东去龙门险,剑阁西来鸟道悬。
丞相旧图沙碛里,拾遗高兴草堂前。
回看匹马经行处,似有猿声到耳边。

诗为题画诗,将画中蜀国风光尽情赞美。笼翠山高耸入云。春雨后草木生烟。锦江东去过龙门险滩。剑阁西来有鸟道高悬。诸葛的八阵图似凝固在沙石里,杜甫的诗兴仍高吟草堂前,还有人骑马经过山道,恍如听到猿鸣响在耳边。

——蔡长宜

作者简介

马德华,生卒年不详,生平不详。

锦江春眺用升庵韵（二首）

明 杨珩

烟光漠漠沙头渡，游人远目凝春树。
落花流水春可怜，衔鱼避人鸟飞去。

红尘奔走谁长年，读看麒麟古道边。
北窗一觉羲皇梦[1]，槛外松风初入弦。

  此诗是诗人步杨慎原韵，写出了他眼中的锦江春色。第一首看烟光荡漾在沙头渡，游人纵目赏远处的嫩绿春树。可怜流水带着落花去了。衔鱼的鸟儿为避人也飞了。第二首感叹人生碌碌终将做古，请看麒麟古道边，从古至今，也如现在北窗一梦，听槛外松风才入琴弦，而叹谓光阴何速。

  此两首皆为七言古风，第一首用的杨慎的仄声韵，主要着眼写景惜春。第二首用的杨慎的平声韵，主要感叹人生。

——蔡长宜

作者简介

  杨珩，生卒年不详，生平不详。

注释

〔1〕北窗:古人坐北向南,卧室多在北边,多以北窗指寝处。羲皇梦:语出晋陶潜《与子俨等疏》:"五六月中北窗下卧,遇凉风暂至,自谓是羲皇上人。"羲皇:伏羲。

钦新繁李谦之宅

明 刘道贞

白云终日傍柴门,一榻青山坐草根。

向晚牛羊争返栅,数家鸡犬自成村。

早完公税余秔稻,力守残书待子孙。

取次一樽松竹下,溪山新月破黄昏。

诗人艳羡李谦之宅,环境优美,如仙境般白云缭绕,坐落在青山里的茅房。晚来放牧的牛羊归栅,鸡犬相闻的人家形成自然的村庄。交完税粮,还有余米,力守残书待子孙鱼跃龙门。闲来斟一杯酒坐于松竹下,可欣赏新月从溪山升起。

诗如行云流水,从生存景观到物到人,抒发了诗人钦慕之情,对仗工稳,画面清晰,结句迷人。

——蔡长宜

作者简介

刘道贞,生卒年不详,字墨仙,邠州举人。生平不详。

注释

[1] 秔(jīng):《说文》:"稻属。"《声类》:"秔,不黏稻也。"今指介于籼稻、糯稻之间的一种晚稻品种,米粒短而粗,米质黏性较强,胀性小。同"粳"。

双流

明 曹学佺

万里桥方渡[1]，双流径已存[2]。

薄寒成翠色，疏雨点黄昏。

竹柏密他树，小云平过村。

林鸟栖欲尽，才到县西门。

  诗写成都至双流沿途景色及诗人途中的轻快心情。双流与成都毗邻，诗人可能轻车走马，故"万里桥方渡，双流径已存"。颔联写薄寒而有翠色，必仲春时节。疏雨黄昏，景色渐次朦胧，平添几许悠闲，几许遐想。诗人不急于赶路，方知竹柏密于他树。种竹植柏乃成都人习尚。旧时成都村落林盘，几乎处处有竹、柏。尾联收结，归鸟投林几尽，夜幕已经合拢，诗人仍在县城西门外徜徉，山阴道上，目不暇接，流连光景，读之如见。

——何焱林

作者简介

曹学佺（1574年—1646年），字能始号雁泽，又号石仓居士，福建福州府侯官县洪塘乡人，万历二十三年（1595年）进士，官员、学者、诗人、藏书家，闽中十子之首。清兵入闽，自缢殉节。

注释

[1] 万里桥：原成都老南门大桥。三国蜀汉丞相诸葛亮在此祖饯费祎出使东吴，祎叹曰："万里之行，始于此桥。"遂得名。

[2] 双流：指今成都双流区，西汉于此置广都县，隋避炀帝讳，更名双流县。

新都弥牟镇八阵图

明 曹学佺

广汉南来近蜀都[1]，江城辨色已驰驱[2]。
晓云不散弥牟镇，春草横生八阵图。
自愧书生行部日[3]，得知丞相苦心无[4]？
由来沃野称千里，处处桑麻望不孤。

诗写巡视辖地。诗人黎明即起，着装上路，至弥牟镇时晓云犹未散去，只见诸葛亮八阵图春草丛生，不禁临风感慨。我今巡行，知诸葛丞相当年置阵图于此之苦心也未？此当蜀道要冲，兵家必争之地。诸葛是要后人勤于政事，不忘战守。然守土之本，在德不在险。足食足兵，施行教化，纵有天灾人祸，亦能应付裕如。何况天府之地，沃野千里，桑麻相望，民生安则四境安。诗人有以蜀相自勉之意。

——李德明、何焱林

注释

[1] 广汉：广汉市位于成都平原腹心地带，距成都市23公里，有"蜀省之要衢，通京之孔道"之说。秦时为雒县，因雒水得名，西汉高帝六年（前201年）置广汉郡，历代多有变革，1998年撤县设市。三星堆为境内著名史前文化遗存。

[2] 辨色：指天初明，能视物辨色。句意为江城天色初明，已上路驰驱，忙一天公干了。

[3] 行部：巡行所视察之地。

[4] 苦心：指诸葛亮设八阵图于弥牟镇之良苦用心。

成都杂感(二首) ——明 吕潜

陆海尘飞井络昏[1],锦城茅屋半江村。
遗宫日落牛羊过[2],野寺人稀虎豹蹲。
桤树[3]冥冥香径远,海棠馥馥翠云繁[4]。
摩诃但有支矶石[5],尚共铜驼[6]卧草根。

繁华闺阁重诗书,赋就明笺锦不如。
万里桥头凝望眼,枇杷花下更谁居。

此诗背景为明末清初屠城后,已昏暗不明亮的锦官城,大多依江而筑,成都摩诃池边尚有支矶石,还能与铜驼共卧草丛中。

第一首共八句,为七律,首叹人世沧桑,变动无常,诗当为明亡后写,有家国之痛。

第二首为七绝,表达对女诗人薛涛的景仰,推崇。亦有沧桑代谢,物是人非之感,枇杷花下,而今居者其谁?

——蔡长宜 何焱林

作者简介

吕潜（1621年—1706年），字孔昭、石山，号半隐、耘叟，晚号石山农、石山居士，四川遂宁人。南明宰相吕大器之子，明崇祯十六年进士，官行人。明亡后不仕，专心书画，曾侨居江苏泰州。

注释

[1] 陆海尘飞：指人间纷繁。 井络：古以井宿为蜀分野。晋·左思《蜀都赋》："岷山之精，上为井络。"刘逵注："《河图括地象》曰：'岷山之地，上为井络。'"泛指蜀地。

[2] 遗宫：指前明蜀王府。自张献忠入川，既清军入蜀，成都数遭兵燹，蜀宫只剩断壁残垣，遍地荒榛，了无人迹，故称遗宫。

[3] 桤（qī）树：桤木树，别名水冬瓜、水青风、桤蒿，桦木科，桤木属。是中国特有树种。乔木，高可达30-40米，昔为成都城乡广植，杜诗有"桤林碍日吟风叶"句。

[4] 海棠：苹果属、木瓜属几种植物的通称，代表植物海棠花等都是蔷薇科灌木或小乔木，高可达6至7米，亦有草本海棠。

[5] 支矶石：传为织女支织机之石，故名，《蜀中广记·严遵传》有载。唐人篆刻"支矶石"三字于其上，今立琴台路文化公园内。据考证，乃先民大石崇拜之遗，定其为蜀先民祭祀祖先所立之大石。

[6] 铜驼：晋陆翙《邺中记》谓：二铜驼如马形，立中阳门外，夹道相向。古皇宫常援其例，此吊五代两蜀国之亡。

过蜀府[1]

明 吕潜

铁卷金符付劫灰[2]，桐圭零落蜀王台[3]。
谁从辇路鸣鞭过，犹记宣门拜刺来。
眢井寒泉沉凤羽[4]，天街白日走龙媒[5]。
短墙桃李家家发，画角声中杜宇哀[6]。

  此诗当名《吊蜀府》，明亡后写。大西军攻入，随之清军入据，蜀府易主，丹书铁卷已成灰烬，桐圭封表已成废纸，鞭鸣辇路，拜刺宣门，已成明日黄花，更何况末代蜀王已经埋骨井底。明室已矣，蜀王府风光不再，烜赫一时的大明皇朝，只存于史家的几笔文字之中。但百姓仍要生活，桃李依然处处发花，只有杜宇声声，凄厉的画角，似乎在哀悼逝去的皇朝。

——何焱林

注释

[1] 蜀府：蜀王府。明太祖朱元璋封7岁小儿子朱椿为蜀王，王府始建于1378年，是藩邸中最宏伟华丽者，百姓称为皇

城。1644年张献忠入成都，以之为大西王宫，1646年撤退时焚毁部分建筑，1967年红卫兵炸毁剩余建筑，"皇城"荡然无存。

[2] 铁卷：俗称免死金牌，起于汉代，分封功臣敕书用丹砂写于铁契上，从中剖开，朝廷与受封者各持一半。唐以后铁卷不用丹书而用嵌金。金符：帝王授予臣下之信物，如铜虎符、金鱼符、金符牌等。

[3] 桐圭：同"桐珪"，周成王剪桐叶封其弟虞，后用以代称帝王封建之符信。

[4] 眢[yuān]井：湮井，废井。凤羽：指蜀末王朱至澍，大西军攻入，澍跳井而死。

[5] 天街：本指京城街道，此借指蜀王府内街道。龙媒：骏马，此指马匹。

[6] 画角：乐器名。传自西羌，形如牛、羊角，吹奏时发出呜呜声，高亢激越，军中用以警戒、振奋、传令等，也用于帝王出巡前导。

咏支机石 [1]

明　曹学佺

一片支机石，传来牛女津[2]。
客槎何处所[3]？卜肆已生尘[4]。
较似昆池古[5]，长从汉月新。
每逢秋夕里[6]，吟眺倍相亲。

　　支机石，五块石，皆巨石，是先民的巨石崇拜，如英国的巨石阵，复活节岛上的巨大石人像。诗首联写支机石之来历，"传来牛女津"，一个传字，道出织女支机之石，不过出自传说，但这个传说十分却反映中国数千年农耕社会，是构建在男耕女织基底上的，即在天庭，男亦耕，女亦织。

　　人世有代谢，客槎早已不知去向，卜肆早已化为劫灰。果如传说所言，张骞奉命寻河源，至牛女之津，则支机石之来到人间，和汉武帝昆明池之开凿一样古老。支机石与其传说，经千余年之流传，历久弥新。尤其不要忘了，牛郎织女还有一段凄美的爱情故事，每当七夕，远眺银汉，长吟牛女一年一度鹊桥相会之诗，倍生亲切之感。

——何焱林　蔡长宜

作者简介

曹学佺（1574年—1646年），字能始，一字尊生，号雁泽，又号石仓居士、西峰居士，福建福州府侯官县洪塘乡人。明代官员、学者、诗人、藏书家。万历二十三年（1595年）进士，闽中十子之首。清兵入闽，曹自缢殉节。曹学佺藏书万卷，著书千卷，毕生好学。工于诗词，精通音律，擅长度曲，被认为是闽剧始祖之一。

注释

[1] 支机石：《太平御览》卷八引南朝宋刘义庆《集林》："昔有一人寻河源，见妇人浣纱，以问之，曰：此天河也。乃与一石而归。至成都问严君平，云：'此支机石也。'"一说，其人为西汉张骞。

[2] 牛女津：牛郎、织女隔天河相望处。

[3] 客槎：槎：木筏。客槎：乘槎探河源者。

[4] 昆池：昆明池之省，汉武帝时凿成，以练水军，在今西安。昆明池亦有牛郎、织女彫像东西相望。

[5] 卜肆：严君平卖卜之地。

[6] 秋夕：七夕，农历七月初七夜，传为牛郎织女一年一度，渡鹊桥相会之期。

五块石[1]

明 陈子陛

四顾桑田一勺无，累累[2]五石类浮图。
谁云此地通沧海，拾得鲛人瑟瑟珠[3]。

　　诗将五块石当作鲛人之珠，由之生出沧桑之感，好像四周桑田一点也看不见，只有五块巨石如佛塔般浮现，是否真如人们所说，此地与沧海相通，而得此暗绿色鲛珠浮于水面，将见闻和传说交织而吟成。

　　此诗情景交融，沧桑浮想。首尾呼应，信息丰富。

——蔡长宜

作者简介

陈子陛，生卒年不详，生平不详。

注释

[1] 五块石：为先臣巨石崇拜遗存。明何宇度《益部谈资》："五块石系五丁所置，下有海眼。"今为成都地名。

[2] 累累：重叠，联贯成串。

[3] 瑟瑟：暗绿色。

清 QING
成都历代经典诗词

归田吟（二首） 清 费经虞

出家未达便无家[1]，结屋青城上紫霞[2]。
手版何曾成一事[3]，几年辜负碧桃花[4]。

家破犹余半亩塘，杜鹃啼处柳丝长。
骑牛不到人间去[5]，白发萧萧晒夕阳。

  诗为诗人归田之作。走出家门，入朝做官，本为兼济天下，然而终未闻达。中举五年后，清军入关，明朝瓦解，国之不存，何以家为？每日上朝，手版条陈，何曾成就一事？国家之亡，何能尽一己之力，挽狂澜既倒？在外数年，倒把碧桃花辜负了。

  国破即是家破，虽余半亩方塘，能不剃发易服，自称奴才？杜鹃声声，能不有杜宇亡国之痛。骑牛不到人间去，所谓人间，即是官场。白发萧萧，相伴夕阳，决意老死是乡，不做二臣。费经虞真明朝遗民也。

          ——何焱林　李德明

作者简介

费经虞(1599年—1671年),字仲若,崇祯十二年(1639年)举人。

注释

[1] 出家:指走出家门去考科举及做官等,非为僧为道。所谓"便无家",意在言外也。达:发达,闻达,达道。

[2] 紫霞:古人以紫霞为祥瑞,且常与仙道相关。

[3] 手版:笏[hù]。古时大臣朝见天子时,用以记事备忘的狭长板子。

[4] 碧桃:观赏桃树,花重瓣,有白、粉红、深红等颜色。

[5] 骑牛:家贫无马,只能骑牛,亦用老子骑青牛出函关之典。

成都

清 吴伟业

鱼凫开国险，花月锦城香。
巨石当门观[1]，奇书刻渺茫[2]。
江流人事胜，台榭霸图荒[3]。
万里沧浪客，题诗问草堂。

  诗前四句说蜀国之历史与见闻，后四句书作者感慨。前四句虽写见闻，史事存焉，为后四句之感慨做了铺垫。江流不息，远胜人事，诗人生处明清之交，锦城花月依旧，人事却非，台榭与霸图俱荒，能无新亭之恸？尾联收束，沧浪之客万里至此，只能将剪不断，理还乱之心绪，题诗向诗圣求教。于虚实相应之中，完成全诗。

——何焱林　李德明

作者简介

  吴伟业（1609年—1672年），字骏公，号梅村，别署鹿樵生、灌隐主人、大云道人，汉族，江苏太仓人。明末清初著名诗人，江左三大家之一，娄东诗派开创者。

注释

[1] 巨石:传为织女支矶石。经考证为先民巨石崇拜遗迹,如英国巨石阵,复活节岛之石像。门观:门阙,作为城市、宫观等之标志。此以巨石作成都之标志。

[2] 奇书:当指巨石上之书,因年代久远而模糊,后重刻"支矶石"三字其上。

[3] 霸图:王霸之图。隐指前明之业。

竹枝

清 毛奇龄

锦江春水白浮浮[1]，担水娇娘踏水愁。
洗面好来清溜里[2]，洗足当寻浊浪头。

诗写锦江春色，白浮浮者水清亮透明广大之谓。民家贫，虽年轻女子，亦不能深藏闺中，必须参与家务，挑水为其劳作之一。春水未发，春江水浅，须涉水深处，方能汲水，故须脱鞋下水。春风料峭，春水寒冽，涉寒水中，故愁。三、四句语带调侃，用"沧浪之水清兮，可以濯吾缨；沧浪之水浊兮，可以濯吾足"之意。然脱鞋汲水，非为濯足！

——何焱林

作者简介

毛奇龄（1623年—1716年），字大可，萧山城厢镇（今属浙江杭州）人。清初经学家、文学家，与弟毛万龄并称为"江东二毛"，以郡望西河，学者称"西河先生"。明末诸生，清初参与抗清军事，流亡多年始出。康熙时荐举博学鸿词科，授检讨，充明史馆纂修官。后假归不复出。治经史及音韵学，著述极富。所著《西河合集》分经集、史集、文集、杂著，共四百余卷。

注释

[1] 浮浮：盛而多，滔滔不绝。
[2] 清溜：本指清澈的屋檐水，此指清江水。

谒武侯祠

——清 龙为霖

两表长悬双日月[1]，三分早定一乾坤。

造庐有追怀先帝[2]，衔璧无端感后昆[3]。

羽扇纶巾风自古，木牛流马制空存。

只今瞻拜荒祠下，紫柏森森尽欲昏。

  此诗感怀凭吊于武侯祠而作。首联对仗，以景仰诸葛孔明的智慧开头，追思先帝刘备，礼贤下士，三顾其庐而被感动，遂许与驰驱。胸怀大略而感后继无人。孔明之高风亮节千古传承。其发明的木牛流马而今空存制图，于荒祠下瞻仰武侯，不单是诗人，连森森紫柏亦惋惜不已，凄然欲泪。

  此诗情感真挚，韵律流畅，对仗工稳，感人至深。

——蔡长宜

作者简介

龙为霖(1629年—1765年),字雨苍,号鹤坪,重庆巴县人。16岁中举,四年后又中进士,任云南太和县知县,广东潮州知府。因伤去职后安居其九龙别墅,重情交友,遍布游踪。诗作颇丰。

注释

[1] 两表:指诸葛亮入川后为蜀汉大业所作的前、后《出师表》。
[2] 造庐:指刘备的三顾茅庐。
[3] 衔璧:此指刘禅以国降魏。典出《左传·僖公六年》:"许男面缚衔璧。"

新津县渡江

清 王士禛

南过蚕丛国[1],秋风正授衣[2]。

青山初上日,黄叶半江飞。

修竹连千亩,高楠径十围[3]。

临江呼渡舸,极目一清晖。

  新津处成都平原南沿,多山,如老君山等,青山初上日,时当清晨,黄叶满江飞,节届深秋。修竹千亩,高楠十围,见得新津虽已深秋,犹竹繁树茂,气候依然温润,物产十分丰饶。结于临江呼渡,满目晴晖。秋日成都,天高气爽,山青水秀,诗人心情能不与之同调?其中"青山初上日,黄叶半江飞。"虽似信手拈来,亦成佳句。所谓高手发力,不着痕迹。

  ——何焱林

作者简介

王士禛(1634年—1711年),字贻上,号阮亭,别号渔洋山人,山东新城人。清初著名诗人。顺治十四年(1657年)进士,初官扬州推官,入为部曹,转至翰林,任国史副总裁、刑部尚书。工诗词,论诗创神韵说。著有《带经堂集》《池北偶谈》等。

注释

[1] 蚕丛国:指蜀地,蚕丛是蜀地最早的开拓者。

[2] 授衣:用《诗经》:"七月流火,九月授衣"事,借指秋九月。

[3] 围:古人常用长度单位,两手拇指和食指合拢的长度或两臂合拢的长度。

弥牟道中望八阵图遗址

清 王士禛

落日弥牟道[1]，霜风百战场。
青天回玉垒，远树出华阳[2]。
陆海三都阔[3]，雄图八阵荒。
卧龙虚故迹，驻马惜降王[4]。

诗人秋日傍晚途经弥牟道，缅怀孔明八阵图遗址，触景生情，感慨时空变迁，故迹荒虚，并深为诸葛亮之雄才大略，其辅佐的却是庸主刘禅而叹惜。转结深沉。

——何焱林　李德明

注释

[1] 弥牟：即弥牟镇。地处青白江区西北端，距成都市区23公里，始建于后唐（923年—936年），距今1000余年。闻名于世的三国旱"八阵图"遗址存于此。

[2] 华阳：古蜀国三都（新都、成都、广都）之都治所，今为成都市双流县华阳镇。

[3] 陆海：平而物产丰饶之地。出于《汉书·地理志》下："号称陆海九州膏腴。"

[4] 降王：指蜀后主刘禅。钟会、邓艾伐蜀，禅听从谯周之策举国降魏。人多斥禅昏庸。蜀自关羽毁败，困守两川一隅之土，复经诸葛六出、姜维九伐，财枯人竭，蜀势最弱，魏、吴皆无大故，禅纵有通天手腕，亦无能为。兵临城下，降可免百姓池鱼之殃。此亦为无策之策。

游薛涛井

清 董新策

碧甃银床不可探[1]，井华清似百花潭[2]。

深红小样笺谁染，零落胭脂三月三。

首句写薛涛井深不可测，次句说井华水清冽似百花潭水。驰誉古今的深红诗笺谁染成的哩？随即转结，由桃花落红联想到薛涛自制的桃花笺，暗含对其飘零身世的深深叹惋。

——李德明

作者简介

董新策（1676年—1754年），四川合江人，康熙三十九年（1700年）进士，入翰林院。

注释

[1] 碧甃（zhòu）：指青绿色的井壁。银床：旧指井栏。

[2] 井华：即井水，井水清净无尘，亮丽如花。

蜀道难

清 费锡璜

金牛开九阪[1],陈宝出三秦[2]。

道绝惟通鸟,桥危不度人。

阴岩春积雪,虚壑夜疑神[3]。

故国终难到,题诗泪满巾。

此首引五丁开山通秦塞的远古传说开篇,颔、颈联则极写蜀道之艰险幽奇,令人生畏。尾联笔锋一转,引发出故国难归,游子泪垂的思乡情怀,其间亦未必无世途艰难之感。自然巧妙,堪称佳构。

——何焱林 李德明

作者简介

费锡璜(1664年—?),字滋衡,一作滋蘅,四川新繁(今新都区)人,侨居江都,清代诗人。康熙三十五年(1696年)随父会友,作《江舫唱和》诗,满座皆惊,称"凤毛"。与黄叔威、刘静伯结诗社,颇有影响,性格豪放,诗如其人。

注释

［1］金牛：取自秦灭蜀时，"石牛粪金，五丁开道"的故事，说石牛能粪金，故称金牛。九阪：指剑门关之九折陡坡。

［2］陈宝：指"宝鸡神"传说。一说"陈宝"为"若石"，一说"陈宝"为"陨石"。

［3］疑神：山谷入夜神灯飘浮，疑似神仙出游。

怀故乡亲友 —— 清 费锡璜

西蜀东吴[1]万里思，青春白发只移时[2]。
人分南浦王孙草[3]，家滞东陵圣母祠[4]。
天外片帆来渺渺[5]，城边双鸟去迟迟[6]。
年来锦里乡书断，独立江头只自悲。

此为怀乡思亲念友之作。诗人生于成都，少小离家，客寓扬州。当年分袂南浦，青春意气，豪情万丈。指顾间白发萧萧，大半身岁月已成往迹，仍然举家滞留东陵，滔滔不归，能不念及万里之遥，多年不见的亲朋故旧？独立江头，伫望西来的滚滚流水，烟花三月，正是下扬州时节，然何曾有片帆只桨，带来思念中的亲朋？城边双鸟，恋其旧巢，面对漠漠江天，却迟迟不肯飞去，正是诗人内心写照吧？近年故乡音书也已断绝，如此乡愁，如何了得？只有独对苍茫，怅望西北，黯然神伤。

——何焱林　李德明

注释

[1] 东吴：原指孙吴，后泛指江、鄂、皖诸地。

[2] 移时：片刻，转瞬。杜诗："何处莺啼切？移时独未休。"

[2] 南浦：南边水岸，语出《九歌·河伯》："子交手兮东行，送美人兮南浦。"后指送别地。王孙草：喻游子久不归里。《淮南小山·招隐士》："王孙游兮不归，春草生兮萋萋。"

[4] 东陵：《后汉书·郡国志》："广陵（今扬州）有东陵亭。"亭为秦汉基层行政区划，即今扬州宜陵镇。东陵圣母：传说甚多，葛洪《神仙传》："东陵圣母者，广陵海陵人也。适杜氏，师事刘纲学道，能易形变化，隐显无方。"祠今称仙女庙。诗人傍圣母祠居也。

[5] 该句用李白《送孟浩然之广陵》意。

[6] 该句由杜诗"江天漠漠鸟双去"化出。

和刘明府登三学山 [1]

清 赵铭

追随同眺望，石磴逐霜蹄 [2]。
叠嶂冲霄起，飞泉落涧低。
野花松径外，斜照石床西。
最爱云深处，山僧共鸟栖。

首联写于同伴刘明府骑马射箭登高赏景，见层峦叠嶂，冲天而起，飞泉幽涧泻地而去，野花开在松林路外，斜阳照在磐石西头，最爱山云深处，山僧与山鸟共栖一簟之地。诗中有画，对仗工稳，转合自然，深得山水诗妙谛。

——蔡长宜

作者简介

赵铭,生卒年不详,字近思,四川金堂人。清初著名学者,康熙四十四年(1705年)举人,曾任直隶沙河(今河北沙河县)知县。有《琴鹤山房遗稿》等传世。

注释

[1] 三学山:位于金堂县境内。

[2] 霜蹄:马蹄。杜诗:"霜蹄蹴踏长楸间,马官厮养森成列。"

繁城杂咏

清 郑方城

故城何处水西湾[1],访古徒令寂寞还。
亭长至今无寸土,举头谁是汉时关?

> 这是一首怀古诗。诗人用疑问开头,自问自答,然后无功而返,寂寞而归,很是无奈。全诗又是一联疑问句,将疑问推给读者,这才是诗的妙处。亭长者泗水亭长也,今还有寸土乎?举头何处有是汉时关隘?正可谓心有灵犀、粪土王侯。
>
> ——杨振兴

作者简介

郑方城(1678年—1746年),字则望,号石幢,福建建安人,雍正十一年(1733年)进士。

注释

[1] 故城:新繁县城东北,汉置,高帝封高瞻师为繁侯。

山居

清 岳钟琪

小筑山居傍清溪[1]，百花潭北少城西。
柳堤沙暖朝调马[2]，竹院人闲午饲鸡。
麦浪翻风黄尚浅，秧针出水绿初齐。
持竿倚石临流坐，碧树阴阴布谷啼。

诗写山居闲适之乐，山居之地，似在今浣花公园内，百花潭北少城西一马平川，唯今公园内有一小山丘。柳堤调马，不失武将本色。竹院饲鸡，切闲居生活，麦浪黄浅，秧针初齐，一派暮春生机盎然景象。最令人艳羡者，莫过临流持竿，闲听布谷。

——何焱林

作者简介

岳钟琪（1686年—1754年），字东美，号容斋，四川成都人，岳飞二十一世孙。清康、雍、乾三朝名将。康熙五十八年（1719年），以准噶尔部入扰西藏，奉命率兵入川。乾隆十九年（1754年），抱重病出征镇压陈琨时，病卒于四川资州。有《姜园集》《蛩吟集》等传世。

注释

[1] 小筑：精雅小屋。
[2] 调马：调教马匹。

驷马桥送开制军之伊犁 〔清〕彭端淑

河梁送别欲魂消[1],翘首伊江万里遥[2]。
正是秋风下黄叶,一行班马响萧萧[3]。

　　诗人送别友人于成都驷马桥上。其离愁别绪不忍卒读,想着秋风落叶,赴新疆有万里之遥,连马儿亦因伤离别而长鸣,人情何堪?借用李白诗"挥手自兹去,萧萧班马鸣"之意。

——蔡长宜

作者简介

　　彭端淑(1699年—1779年),字乐斋,号仪一,眉州丹陵人。四川三大才子之一,雍正十一年(1733年)进士,任吏部主事,迁本部员外郎、郎中。著有《白鹤堂文集》四卷、《雪夜谈诗》二卷及《国朝文录》等。

注释

[1] 河梁：本意指桥梁，因汉李陵与苏武诗中有"携手上河梁，游子暮何之……行人难久留，各言长相思。"后以河梁代指送别之地。

[2] 伊江：伊犁。

[3] 班马：离群之马，远行之马。《左传·襄十八年》："有班马之声，齐师其遁。"萧萧：象声词，形容马嘶。

薛涛井次蔡绮襄韵[1]（二首） 清 顾汝修

琴台草没锦无楼[2]，寻到薛涛井尚幽。
今古原泉依旧出，短长汲绠为谁留[3]？
难将滴水锁沉痼[4]，留得芳名占益州[5]。
好古何人探往迹，不饶清兴与多愁[6]。

花笺黛笔委高楼[7]，唯有当年一井幽。
落落军持余想象[8]，萧萧露索任迟留[9]。
凤凰刷羽倾词客[10]，姓氏传香擅益州。
消得相如渴也未[11]？临邛堙久不胜愁[12]。

第一首，诗人寻成都两处古迹：司马琴台、薛涛古井。琴台已为荒草所掩，无迹可寻，遑论楼台？唯涛井犹在，源泉畅流，可以寻幽。汲绠短长不论，而永续世间风流，给人以僻静悠闲之感。虽"难将滴水锁沉痼"，却亦"留得芳名占益州"，展现了历史的厚重与深邃，亦表现薛涛当年芳名远达。历史变迁，往迹依稀，好古者自多感慨，于清雅之兴中又生出缕缕愁绪！

第二首凭吊往昔。起即叹伊人已去，花笺、黛笔、高楼皆委弃尘土，唯剩一井，幽锁西风残照。冷落军持，令人怀想当年洪度净手书笺之仪容，衰朽汲绠只有长留井台与风露同在。凤凰（薛涛）"刷羽"令词客倾倒，姓氏则留香益州。尾联呼应题旨：薛涛井水消得相如渴否？此相如或诗人指其友蔡绮裏，胸怀长才，埋滞不遇，令人不胜其愁。

——冯礼台　何焱林

作者简介

顾汝修（1708年—1792年），字息存，号密斋，生于四川省成都府资县（今资中县）。官至正一品。1761年奉旨册卦安南国王，南疆得安，乾隆赐御用华盖一顶。

注释

[1] 薛涛井：原名玉女津，在成都市望江公园内，乃明代遗迹。石栏环绕，水质清澈，为明代蜀藩制笺处。每年三月三日，汲此井水造笺24幅，入贡16幅，余者留藩邸中，市间绝无售者。明代王士性《入蜀记》描述此笺："比高丽特厚而莹，名薛涛笺。"现公园内薛涛井乃明代遗迹。蔡绮裏：生平事迹不详。应与顾汝修为同时代人。

[2] 琴台：指西汉司马相如弹琴之所，在成都浣花溪畔。

[3] 汲绠：汲水用的绳子。

[4] 沉痼：顽固难治的病，也比喻难以改掉的坏习惯。

[5] 益州：中国古地名。汉武帝时十三州之一，其最大范围包含今四川、重庆、云南、贵州、汉中大部分地区及缅甸北部、湖北河南小部分；治所在蜀郡成都。

[6] 清兴：清雅的兴致。

［7］花笺：古代笺名，指精致华美的信笺或诗笺，此指"薛涛笺"。黛笔：汉代女性描眉之笔。高楼：薛涛晚年筑筹边楼，筹划松、维、保三州备土蕃进袭事。

［8］落落：此处有冷落、衰败、凋残意，与萧萧成对。军持：盛水器，又名净瓶等，盛水饮用或洗手用具。

［9］萧萧：此处指萧疏、索漠、凄清。露索：井绳。李商隐诗："露索秦宫井。"

［10］刷羽：禽类梳理羽毛。此指梳妆，亦指洁身自好。

［11］相如：即司马相如。司马相如有宵渴之疾，故有此问。

［12］临邛：县、郡名，秦置，十六国成汉以后废。西魏废帝二年（553年）复置，至元二十一年（1284年）入邛州。北周时为临邛郡治所在。唐、宋时为邛州治所。堙：泯灭、埋没、淹留。

成都杂诗

〔清〕李化楠

秋水文章不爱尘[1]，小苏端的是前身[2]。
君家自有髯苏在[3]，莫向他人便问津[4]。

诗人饱学多才，仕途通达，颇有政声；且工吟咏，又筑楼藏书万卷，不染世尘，实为川人之佼佼者。此诗乃咏赞大苏、小苏之作。宋苏洵与其二子并名三苏，世称洵为老苏，轼为大苏，辙为小苏。明袁宏道《由天池逾含嶓岭至三峡涧记》："当余初趋江州时，谪仙之飞瀑，小苏之三峡涧，已奔注吾胸，如与阔友期将至。"可见二苏于文坛影响之盛。此诗若行云流水，一气呵成，浅显明达，而不沾染半点儿世尘。

——冯礼台

作者简介

李化楠（1713年—1769年），字廷节，号石亭、让斋，四川罗江人。乾隆六年（1741年）中举，后连捷进士，历官浙江余姚、秀水知县，嗣权平湖，迁沧州、涿州知州，宣化府、天津北路、顺天府北路同知等。任上颇有政声，被誉为浙江第一循良，官顺天时乾隆帝嘉其为强项令，卒于官。工吟咏，喜藏书，邻宗祠造醒园，筑书楼，"以川中书少，多购诸江浙，航来于家贮之"。

注释

[1] 秋水文章：出自清邓石如自题于书房的楹联，其犹言文辞笔墨流畅清爽，有如秋水般明丽洒脱，不染半点儿世俗之尘。

[2] 小苏：即苏辙。

[3] 髯苏：苏轼的别称。

[4] 问津：打听渡口，后引申为探求途径或尝试。

将赴青城从离堆渡江入筏村道中即事 [1]

清 蔡时田

过江指青城，江村一湾绿。
踏沙去洲渚[2]，岸行入山麓[3]。
树密静行人，林深鸟侧目[4]。
浅草铺平原，参天望乔木。
四围绿阴浓。数点漏初旭[5]。
欣然席地坐，树里清风出。
未到六六峰[6]，已是忘尘浊[7]。

此诗写乘筏渡离堆赴青城。前两联写"过江"事：青城在望，江村入目，一湾绿水荡漾；诗人踏沙而行，渡过洲渚，再沿岸攀援而进入山麓。中间三联描绘林中景：行进密林中，时而惊起鸟儿飞鸣，时而踏着平展的绿荫浅草，更添初日阳光的洒落，几多诗情画意让人陶醉。后两联是一种意趣升华：也许是绿水青山的掩映，也许是旭日清风的交流,让诗人格外愉悦而欣欣然,还未到青城三十六峰,已觉远离尘世。

——冯礼台

作者简介

蔡时田(?—1752年),成都人,官至御史。于乾隆十七年(1752年)八月因监考舞弊而被处以斩刑。

注释

[1] 离堆:亦作离碓。古地名,在四川省都江堰市境内。
[2] 洲渚:水中小块陆地。
[3] 麓:山脚的林木。《水经注·漳水》:"麓者,林之大者也。"
[4] 侧目:不以正眼看人。此含戒惧意。
[5] 漏:泄漏、漏入。初旭:早晨初见的太阳。
[6] 六六峰:青城有三十六峰,可称六六峰。
[7] 尘浊:犹言尘世。

寄怀李雨村同年[1]

清 姜锡嘏

三年奚不到蓉城[2],高踞吟坛作主盟[3]。
一席锦江君就否[4]?歌声听罢又书声。

诗为怀念友人之作,怀念之作易入俗套,如问福体康泰否,宝眷安和否,禄位高升否?诗人专就友人所长,以问为怀,何以三年不到蓉城?不到吟坛做盟主?濯锦江正虚席以待,我真想听听你吟诵之声和琅琅读书声哩!诗写友情,明白如画,朗朗上口。

——裴继光　何焱林

作者简介

姜锡嘏（gǔ），生卒年不详，内江人，字尔常，号松亭。乾隆进士，官礼部员外郎，以理学名，有《皇华诗钞》传世。与李调元（雨村）等同列"锦江六杰"，曾为嘉庆皇帝之师，晚年主讲锦江书院十六年。

注释

[1] 李雨村：李调元（1734年—1803年），号雨村，四川罗江县（今四川省德阳市罗江县调元镇）人。清代四川戏曲理论家、诗人。李与遂宁张问陶、眉山彭端淑合称清代四川三才子。同年：科举时代同榜或同一年考中者，皆同年。

[2] 奚（xī）：有何之意。

[3] 主盟：主持盟会，此指诗社主持。

[4] 一席：此处为首席之义。锦江雅集，君就一席之位否？

东郊踏青

清 潘元音

碧水油油满瓮亭[1]，远山横黛一痕青。
文君去后无消息[2]，留与东风作画屏。

前二句写春日即景，本亦寻常，第三句与卓文君联系起来，便增加了历史厚重感。在两千多年前，如此春光，演绎了一段归凤求凰的佳话，香润了两千余年的邛崃历史，也香润了两千余年的中国历史。文君韵事，已随历史长河远去，横黛青山，油油碧水，只得留与东风了。诗写成都邛崃清明时景，清新明快。

——裴继光

作者简介

潘元音，生卒年不详，华阳县（今属四川成都市）人，清代诗人。乾隆二十五年（1760年）举人。历任四川綦江、盐源等县教谕。

注释

［1］瓮亭：位于邛崃市中心地段，得名源自瓮亭公园一湖心亭。该亭为唐朝驻邛使节饯别宴会时所用之水榭亭，系八角攒块式建筑，现被列为邛崃市重点古建筑之一。

［2］文君：卓文君，临邛人。

新津渡江

清 吴省钦

一江三四渡[1],一渡两三人。
浅草饭黄犊,乱蒲行白鳞。
近山低似屋,好雨细于尘。
何限桑麻影,蒙蒙夹去津。

  读过这首五律总有一种亲切感,江边渡头的景物如在眼前,特别是"近山低似屋,好雨细于尘",形景状物,贴切入微,直是神来之笔。若非以平常事、平常心入诗,难能达到如此境界。写到这等格调也真让人叫绝。

——洪君默

作者简介

  吴省钦(1729年—1803年),字冲之,号白华,江苏南汇人。乾隆二十八年(1763年)进士,由编修累迁左都御史。

注释

  [1] 四渡:新津渡口江中有数处沙洲,须数渡方达彼岸。

红牌楼 [1]

清 李调元

山色春光处处迷,新莺唤我过桥西。
柳经霜后绿初染,草带烧痕青未齐。
烟簇红楼堪系马,日斜白屋欲啼鸡[2]。
谁家鼓吹争迎客?环堵摩肩拥众跻[3]。

这首诗通过白话口语写出红牌楼一带的繁华景象。当时红牌楼处于城乡之交,所以诗中描绘出田家春天的生机与活力,而诗人恰好碰到有人鼓吹迎客(可能是迎娶吧),观者如堵。写乡民生活特别生动。全诗浑然天成,具有较强的艺术感染力,动人心弦。

——洪君默

作者简介

李调元(1734年—1803年),字羹堂,号雨村,别署童山蠢翁,四川罗江县(今四川省德阳市罗江县调元镇)人。清代四川戏曲理论家、诗人。李调元与遂宁人张问陶(张船山)、眉山的彭端淑合称"清代四川三大才子"。

注释

[1] 红牌楼：位于今成都武侯区。据《华阳县志》载："红牌楼堡距县南十里，明嘉靖中蜀王于此建坊，名曰红牌坊。"亦称红牌楼，今坊已不存，地名犹在。

[2] 白屋：以干茅草盖顶之房屋，代指贫家，后亦指无官阀之家。

[3] 环堵：环绕土墙之房屋。此处是看热闹之人围在屋前或路间。跻：升、登。此处为挤在一起之义。

登云顶山

清 李调元

万仞孤峰翠遍天，凄松冷柏拥高巅。
白云不放山头出，明月常从井底悬。
点点神灯疑傍树[1]，涓涓泉水泻成川。
头陀石塔依然在[2]，可有花从石内传？

  金堂云顶山，孤峰接天，松柏耸立，白云绕山，明月悬井，神灯傍树，泉水泻川，石塔仍在，石花存疑。每句一景物，目不暇接，尽入此诗。

——袁建章

注释

[1] 神灯：晚间显现山中枯木朽骨之磷光。

[2] 头陀：梵语音译，指修习十二种苦行的比丘。习惯上称行脚乞食僧人为头陀，此类僧人常留有部分头发。

暑夜宿中和场

清 李调元

暑气不肯退，秋宵尚未凉。
蒲葵风在手[1]，茗碗雨鸣肠[2]。
月出云还掩，鸡鸣鹊尚翔。
腐萤尔何苦？犹自炫微光。

诗人暑夜宿成都南郊中和场，虽已秋时，暑气不退，夜不能寐，摇扇、饮茶、观月，直至鸡鸣，而腐萤犹炫微光。人不能堪，虫又何苦？诗人怜悯之心兼及他物也。

——范佑鸾

注释

[1] 蒲葵：常绿乔木，叶可作蒲扇。此指蒲扇。

[2] 茗碗：茶碗。蒲葵招风，茗碗引"雨"，不过此"雨"下于腹中，引起肠鸣耳。

雨后过都江堰

清 徐本衷

夜雨洗青螺[1],苍茫烟水多。

轻舟随浪转,柔橹带云拖。

渐入空蒙里,旋闻欸乃歌[2]。

白云招客饮,处处有岩阿。

吾国风景,或以山名,或以水名,同具山水之胜者,都江堰其一也。都江堰不仅是山水名胜,也是人文名胜,是最古老的水利工程之一,是福惠民生最多,至今犹在发挥作用的古老工程之一。本诗在山水上着笔。第一句雨洗青螺者山也,二、三、四句则写水中事,三、四两句写雨后行舟,最是家数。五、六句渐近空蒙,犹闻欸乃,舟近岸也。第一句远处见山,结句已在山中,此所谓首尾呼应。诗风清雅、格调高远。

——裴继光

作者简介

徐本衷,生卒年不详,字虚庐,崇宁人,成都武侯祠道士,四川著名道教人物,活动于清乾隆间。著有《香叶亭诗钞》。乾隆四十一年(1776年)徐本衷在紫阳洞建香叶亭。乾隆五十三年(1788年)于刘备墓前补种柏树77棵,又于陵庙前种柏树8株,现已成参天巨树。《国朝全蜀诗钞》载有其诗8首。

注释

[1] 青螺:青山。唐刘禹锡《望洞庭》:"遥望洞庭山水翠,白银盘里一青螺。"

[2] 欸乃:行船摇橹声,柳宗元《渔翁》:"欸乃一声山水绿。"

与玉溪五弟游成都文殊院 [1]

清 张怀泗

未到僧先梦,鸣钟我便来。
一龛撑法界[2],万竹拥经台。
翰墨禅宗契[3],机锋宝偈开[4]。
黄杨今又闰[5],消息试寻猜。

首联说明诗人与文殊院有缘,僧先有梦,钟鸣便来,禅机已见。颔联写禅院之名及环境,文殊院为长江上游重要禅林,万竹句说明清代院中多竹,环境清幽,与今时有异。禅宗虽称教外别传,不立文字,其实禅宗之教义与文字契合,其偈语即讲究文字之精妙。末句恰逢今岁逢闰,又是黄杨之厄,其中消息,颇费猜度。

——裴继光 何焱林

作者简介

张怀泗,生卒年不详,字环浦,号临川,晚称"枣核老人",今广汉北外乡人。清乾隆四十四年(1779年)中举人,先后任怀来、顺义、宛平知县,因生性磊落,刚直不阿,被免官。著有《榴榆山馆诗钞》《读杨蓉裳先生芙蓉山馆诗用集》传世。

注释

[1] 文殊院:今位于成都市青羊区,始建于隋大业年间(605年—617年)。康熙三十六年(1697年)集资重建,改称文殊院。是国务院确定的全国佛教重点寺院之一,中国长江上下游四大禅林之首。

[2] 龛(kān):供佛像、神位等的小阁;如佛龛、神龛等。此处之龛,概指文殊院。法界:释用语,指构成现象之法则,或将一切存在分为十八类,法界为其一类,此指庙宇。

[3] 禅宗:汉传佛教宗派,是中国化后的佛教。重禅观,轻教理,自称教外别传。以菩提达摩为初祖,下传慧可、僧璨、道信、弘忍,后分南北二宗。宋以后仅存曹洞、临济二脉。

[4] 机锋:禅宗用语,指机警犀利话语,也指话语中之锋芒,今亦世俗所用。偈:梵语谒陀之省,意为颂,即佛经中之唱词。

[5] 黄杨闰:与"黄杨厄闰"同义。昔人谓黄杨岁长一寸,逢闰年则倒退一寸,喻时运不济。

薛涛吟楼（二首） ——清 张怀泗

绮阁芳筵乐事稀，调宫协羽未全非[1]。
边庭一曲寻常句[2]，无数征人泪满衣。

美人香草悟三生[3]，却愧年来负此盟。
几度吟诗吟不得，拟将玉带乞卿卿[4]。

  此两首七绝诗原载于《国朝全蜀诗钞》卷二十二。诗写游观望江公园内吟诗楼。第一首怀想薛涛生活情景，称其调宫协羽，以唱曲为生，虽未全非，亦非其可非。然涛为弱女，不能挑葱卖蒜，入肆为商；不能持筹书簿，入署做吏；卖唱营生，自食其力，今日观之，艺术家也，何非之有。三、四两句，边庭一曲，泪满征衣，说明涛与戍边将士心心相通。

  第二首，则表达诗人倾慕薛涛诗才。千载以下，洪度犹有知音，亦不虚此生。

——裴继光

注释

[1] 宫、羽：我国古乐为五升音阶，音高递升为宫、商、角、徵[zhǐ]、羽，相当于今之固定调音名C、D、E、G、A。调宫协羽，即调准乐器音准及歌唱。

[2] 边庭一曲：指薛涛诗《陈情上韦令公》二首："闻道边城苦，今来到始知。羞将门下曲，唱与陇头儿。"和"黠虏犹违命，烽烟直北愁。却教严谴妾，不敢向松州。"

[3] 美人香草：我国古诗词倡赋、比、兴，常以美人香草象征忠君爱国的思想。悟三生：三生与诗词结缘也。

[4] 玉带：古达官贵人所服，嵌有玉饰之腰带。意为以玉带为礼，请代我写诗。

白鹤寺[1]

清 叶光轸

白鹤何之寺永传，重重古殿锁云烟。
千年乔木层楼外，一带澄江大麓前[2]。
皎彻禅房超俗景[3]，云蒸画角近诸天[4]，
佛坛尽处新书院，仰斗瞻山倍欣然[5]。

  诗首句以疑问发端，寓静于动，增加诗之活力。颔联点出寺之胜景。颈联则有空灵之感。前半首写景，后半首往往写诗人感慨，似乎是旅游诗的惯用手法。诗清新明快，如画般刻画出白鹤寺当年景色。

——裴继光　何焱林

作者简介

  叶光轸，生卒年不详，生平不详。

注释

[1] 白鹤寺：坐落于成都市蒲江县城北鹤山镇，始建于宋代。清康熙十年（1671年），重建白鹤寺。乾隆三十八年（1773年），白鹤寺建经楼一座，高数丈，登楼极目远眺，层峦叠嶂，蜿蜒旖旎，盘曲延绵，旁顾郊原，鹤鸣春树，宛然别有天地。

[2] 麓：山脚下。一般指山下坡度较缓，林木茂盛之所。

[3] 皎彻：洁白整饰。

[4] 画角：非军中所用画角，此指寺内有画之角，殿内殿外有壁画之角，或方丈、客室有书画之角。诸天：本佛教指护法众天神，后泛指天界，天空。

[5] 斗、山：斗即斗拱，或旗杆上之旗斗，山即寺所居之山。

少陵草堂 清 谢攀云

天不怜诗史,飘零赴雪岷[1]。
宅留三蜀地[2],笔扫六朝人[3]。
苦忆贞元运[4],空悲稷契身[5]。
祠堂一瞻拜,叹息浣花春。

  诗人拜谒杜甫草堂时,对诗圣杜甫的感叹。首赞杜诗如史,继而叹其流落四川。宅留三蜀地即宅留蜀地,蜀古亦称三蜀,见左思《蜀都赋》。李白诗曰:"自从建安来,绮丽不足珍",称杜甫笔扫六朝,谅不为过。在悲杜公怀念贞、元盛世而不得,空自悲惜自己安民济国的才华和抱负。结尾写诗人到此瞻拜,唯有在浣花溪边叹息不已。

——蔡长宜

作者简介

谢攀云,生卒年不详,四川崇庆县人(今崇州人),清乾隆五十三年(1788年)举人,曾任湖南宁乡县知县。著有《翠微山房诗集》,撰修过《崇庆州志》。

注释

[1] 雪岷:指岷山。

[2] 三蜀:西汉所置行政区划。汉初分蜀郡置广汉郡,汉武又分置犍为郡,合称三蜀。约当今四川中部、贵州赤水河流域、三岔河上游及云南金沙江下游以东和会泽以北地区。

[3] 六朝:指东吴、东晋、南朝宋、南朝齐、南朝梁、南朝陈。

[4] 贞元:贞观、开元之省,一为唐太宗年号,一为唐玄宗年号,其时天下大治。

[5] 稷契:稷指后稷,舜时教人如何稼穑,如何农耕;契指舜时治民大臣。这里代指杜甫有安邦济民之心。

离堆[1]

清 张乃孚

群峰从西来，一峰勒不住。

飞出水当心，蹲猊森愕顾[2]。

洪涛一喷薄，石怒水尤怒。

雷霆走盘涡，蛟鱼莽争路。

喧嚣裂虚空，沫溅风生树。

回波偶得势，惊遁如脱兔。

息喘坐亭阴，云人不知数[3]。

剥藓读旧题[4]，好手悲难遇。

何以听江声，隐隐风涛句。

  以雷霆之笔写激越之水，遣词造句，形容状物都惟妙惟肖，如"雷霆走盘涡"形容水流之急，声若雷霆，旋涡乱卷。"喧嚣裂虚空"，状江浪滔天，非亲历者不能道。"走""裂"二字，可谓诗眼。结尾让人浮想联翩。

——洪君默　裴继光

作者简介

  张乃孚（1758年—1825年），字西村，乾隆四十八年（1783年）举人，合州人，能文善诗。

注释

[1] 离堆：成都都江堰景点之一。

[2] 蹲猊（ní）：指雕刻的蹲踞石狮。

[3] 云人：谈论之人。

[4] 旧题：旧时之离堆题壁诗。

杜鹃城 [1]

清 卫道凝

沃野蚕丛国[2]，城荒杜宇基[3]。
井梧春蘸雨，原柳晚垂丝。
家解粳炊玉[4]，人知竹酿醨[5]。
年年寒食节，清夜子规啼。

诗人经过杜鹃城，见城已荒芜废弃。其实至清代鹃城已不复存在了，诗人只是借题发挥，看到人民炊米酿酒、安居乐业的繁荣景象。结尾以呼应手法，虽故城已荒，而杜鹃年年犹不忘唤农催耕，也是对古蜀王寄以幽思。短幅中道出世事沧桑，余味悠长。

——洪君默

作者简介

卫道凝（1762年—1823年），成都郫县人。乾隆五十一年（1786年）乡试解元。五赴京试皆落第，退而讲身心性命之学，精于考据。历主岷江、崇阳、八旗书院，所在皆有著述。

注释

[1]杜鹃城：亦称鹃城，故址在今成都市郫都区郫筒镇，相传为望帝所筑。

[2]蚕丛：传说古蜀国首位称王的人。《华阳国志·蜀志》记载：有蜀侯蚕丛，其目纵，称蚕丛氏。

[3]杜宇：古蜀国王，即望帝，后化为子规（杜鹃鸟），每年春季劝农播谷。

[4]粳：糯米，用以酿酒。

[5]竹酿醿：郫筒酒。

游丹景山步杨升庵韵 [1]

清 刘沅

培堘园林几万家[2],遥空俯瞰尽虫沙[3]。
巍峨势压蓉城胜,襟带江环锦浪斜。
古树早经磨日月,新篁生已带烟霞。
名花绝顶留名胜,应笑河阳贬斥差[4]。

诗含禅理。首联写诗人在丹景山顶环眺,所谓遥空俯瞰也,环丹景山周遭有几万家园林,见当时彭州繁庶。诗人称其"尽虫沙",非轻视黎庶,是从宗教视角看待众生。丹景山为成都周边海拔较高山峰之一,称其势压蓉城则过,离丹景不远的九峰山比它高一千多米。湔江若带,绕山而过,山水兼具,确是风景名胜。树经日月磨蚀,见其苍老;新篁生带烟霞,见其生机。人世有代谢,植物也要一代一代繁衍生息。尾联收结于名花绝顶留名胜，武则天贬牡丹于洛阳不过是话柄。权倾天下不过一时，生命繁衍何止千秋！

——何焱林

作者简介

刘沅（1767年—1855年），清代四川学者，其著《槐轩全书》以儒学元典精神为本，融道入儒，会通禅佛，体大精深，鸿篇巨制。创槐轩学派，名震一时。在医学上也颇有建树。

注释

[1] 丹景山：丹景山位于四川省彭州市丹景山镇，文物、古迹众多。有"丹岳岱宗"之称。自唐代开始大规模种植牡丹，南宋时期牡丹与洛阳、菏泽齐名。

[2] 培塿（péilǒu）：小土山，此指细微寻常之园林。

[3] 虫沙：指黎民。

[4] 河阳：山南水北为阳，洛河（黄河右岸重要支流）之阳，此处不用"洛阳"而用"河阳"，以合格律，且免与洛阳城相混。借用武则天贬牡丹于洛阳的故事。

簇锦桥 [1]

清 刘沅

何人更散浣溪花[2]？分得余晖傍水涯。
一簇春光真似锦，千层月彩尚留霞。
芙蓉已逐秋江老，葛陌难寻古道斜[3]。
多少兴亡成去浪，夕阳愁听乱吹笳[4]。

此为诗人傍晚路过簇锦桥时感触。首联余晖照水，仿佛将浣溪之花撒向水涯云天，一簇春光，五彩织锦般绚烂。月彩亦指月亮，月华已升，晚霞犹在，当是新月。颈联则抒感慨，才说春光，又说秋江，所说并不同时。芙蓉开于秋时，芙蓉与秋江一齐老去，历史上的诸葛桑田已数易其主，其阡陌无迹可寻。如此江山，多少兴亡，流光逝水，不舍昼夜，真可谓浪花淘尽英雄矣！夕阳影中，听得乱笳几声，添人愁绪。

——何焱林

注释

[1] 簇锦桥：即簇桥，原属双流县，今属成都武侯区，为古时通康藏、滇缅之要道，亦为南方丝绸之路第一个驿站。

[2] 浣溪：指浣花溪。

[3] 葛陌：即诸葛亮之陌，原为亮之桑田，所谓"有桑八百株"是其地也。原为秩秩桑田，今为居民社区。

[4] 笳：胡笳，中国古代北方民族之一种吹奏乐器，似笛。

文井江晚眺(二首)[1]

清 余宗洛

江远浑无际,烟霏一望收。
风微鸦绕树,日返月归楼。

性野名难着,诗狂酒更稠。
林园随处好,深巷下羊牛。

　　第一首一、二句写远眺平原之景,三、四句是对仗句,其中第三句是近景,第四句是远景。"鸦绕树""月归楼"又点明时间。诗中呈现的是文井江一带开阔、祥和的景象。

　　第二首一、二句是对仗句,诗人开篇就道出自己"性野诗狂"。这样一位"名难着""酒更稠"的诗人,只有在乡村景色中游情寄兴,寻求精神解脱,觉得林园风光到处都好,而深巷里走出牛羊,又别是一种别样的审美。末句暗用《诗经》"日之夕矣,羊牛下来"。

——杜 均

作者简介

余宗洛,生卒年不详,清朝乾嘉时期大邑县文人,生平不详。

注释

[1] 文井江:岷江中游的重要支流,发源于成都平原西部山区,流经崇州市、大邑县,于新津县境内注入岷江。

锦城竹枝词（七首） 清 杨燮

石马巷中存石马[1]，青羊宫里有青羊[2]。
青羊宫里休题句，隔壁诗人旧草堂。

此诗明白如话，雅俗共赏，看似容易，实则颇具匠心。诗人巧妙地将"石马巷""青羊宫""杜甫草堂"等街名、名胜串联为句，饶有趣味。三、四句含有诗人自谦之意。

——殷明辉

作者简介

杨燮，生卒年不详，别号"六对山人"，成都人，系嘉庆六年（1801年）举人，官县教谕，着有《树茶轩存稿》（引见林孔翼辑《成都竹枝词增订本》）。作者工诗，尤擅长竹枝以咏市井风物，流传广远。《锦城竹枝词百首》为其代表作。

注释

[1] 石马巷：成都街道，今属青羊区，原有石刻之马，故名。

[2] 青羊宫：我国古道观之一，位于今成都市一环路西二段，被誉为"川西第一道观""西南第一丛林"，也是全国著名的道观之一。唐朝达于极盛，殿宇恢宏，园林幽深，明末毁于兵燹。现存庙宇多为清康熙间所建。

> 毛毛雨过踏青来，软土红香有落梅。
> 万里桥边红似火，杜鹃鸟叫杜鹃开。

诗首先点明时序，诗人在早春一场细雨刚过，出外踏青赏景，见到滋润的泥土上铺满了红梅飘落的花瓣，散发着诱人的清香。当他信步走到万里桥边时更见到万紫千红，繁花似锦的景象。眼前不仅有怒放争春的杜鹃花，耳边更不停地响起杜鹃鸟的啼叫声。诗人巧妙地将视觉与听觉产生的愉悦结合在一起，增强了艺术感染力。

——殷明辉

> 水东门里铁桥横[1]，红布街前机子鸣[2]。
> 日午天青风雨响，缫丝听似下滩声。

此诗的特点也是将地名及其特征串联起来，融入诗中，加上第三、四句的实景烘托，情景交融，全首俱活，具有明白晓畅，通俗易懂的特点。

——殷明辉

注释

[1] 水东门：地名，在清代，出入成都水东门须绕过一道铁桥，后废。

[2] 红布街：以居住着许多家缫丝织布的手工作坊得名。

龙舟锦水说端阳，艾叶菖蒲烧酒香[1]。
杂佩丛簪小儿女[2]，都教耳鼻抹雄黄。

首句点明时间、地点、场所，即端阳节这一天，成都锦江按例要赛龙舟。后三句直写民众过端阳节的习俗，家家门枋上都要悬挂菖蒲、艾叶以驱邪辟秽，孩子身上则要佩戴各种香包，女孩子头上则要别上精致的发簪或戴上鲜艳的花朵，还要给孩子耳鼻处抹上一点用酒调匀的雄黄末，避免蚊虫叮咬。短短二十八个字即勾勒出一幅民俗风情画。

——殷明辉

注释

[1] 烧酒：昔人称度数高的白干酒为烧酒，俗称烧老二。

[2] 杂佩：各种佩饰。簪：此指插、戴。丛簪：插上各色各样的佩饰，如一串由大至小的布猴儿，五色丝线缠的纸粽，银质百家锁等。旧时端阳节实是儿童节。

一扬二益古名都[1],禁得车尘半点无[2]。
四十里城花作郭[3],芙蓉围绕几千株。

成都经清代百余年重建,恢复了往昔之繁华,重新赢得"扬一益二"的美名。五代后蜀主孟昶在成都遍种木芙蓉,故成都又称芙蓉城、蓉城。清代乾隆时增修成都城,郭外重置芙蓉,乃有"四十里城花作郭"的景象。在诗人看来,成都人都是住在芙蓉花围成的花海里了。

——杜 均

注释

[1] 一扬二益:即"扬一益二"。唐朝长江流域的商业城市,以扬州、益州(成都)为两个中心,后有"天下之盛,扬为首",所以有"扬一益二"的说法。本诗写作"一扬二益"是因为扬字是平声,为符合七绝格律而调换了字的顺序。

[2] 禁(jīn)得:亦作"禁的"。反诘语,意为"禁不得"半点车尘,即无半点车尘。

[3] 郭:内城为城,外城为郭。

十万人家午爨忙[1],桤柴石炭总烟光[2]。
清风白粥茅檐下,釜底红花印块香[3]。

诗写市民午炊。"十万人家",说明清代中叶成都人口众多。早在唐时,杜甫诗即有"城中十万户"之句。成都多桤木，桤木薪柴之富，见于历代诗章。杜甫《堂成》："桤林碍日吟风叶"之句。苏轼《送戴蒙赴成都玉局观将老焉》："桤木三年已足烧"。说明桤木生长迅速，三年足资柴薪，不必十年树木。茅檐下寻常百姓多吃白粥，锅底的柴火像红花一样炫目，还散发出印香一样好闻的气味。

——杜　均

注释

　　[1] 爨（cuàn）：烧火煮饭。
　　[2] 桤柴：以桤木为柴。石炭：煤。
　　[3] 印块香：印香是多种香料捣末和匀做成的香，块指柴炭块状，有印香的香气。

垂丝贴梗一城芳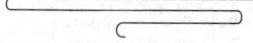，春海棠又秋海棠。
如海秋花逢桂月，不馨香处也馨香。

　　成都海棠花品种甚多，有垂丝海棠、贴梗海棠、西府海棠等，开花又有春秋两季之别。古有"海棠无香"之说，北宋惠洪所着《冷斋夜话》载彭渊材平生有五恨，其中一恨即此。但如果秋海棠花开在桂花飘香的时节，没香味也有香味了。南宋陆游诗云"成都海棠十万株，富贵盛丽全国无"，可见海棠在成都蔚为大观。

——杜　均

注释

　　[1] 垂丝贴梗：指垂丝海棠、贴梗海棠，这里泛指海棠。

北关外早行(二首) 清 杨燮

最好人家近水庄,藤花篱豆簇茅房[1]。
种莲只为收秋藕,赢得陂塘夜气香。

碧树凉烟清欲秋,露蝉初饱噪声柔。
葛衣栩栩临风漾,凉入花间卖酒楼。

第一首中,"最好人家近水庄",这是诗人所见理想的人居环境。藤花篱豆,拥簇在房屋周围。成都河道众多,水网密布,因此发展水产,广泛种植莲藕,本来是一项单纯的投资行为,却意外获得了荷香袭人的美感享受。正是这种意外之喜,让农村生活充满活色生香的情调。

第二首写成都北关外夏末秋初的晨景。炎热渐退,碧树清旷,凉烟淡远,马上要入秋了。鸣蝉饮露,叫声已经不像酷暑时节那么聒噪。身着葛衣的人们出门纳凉,闲暇无事就向花间卖酒的地方去喝上一杯。诗中写尽成都人闲适自在的生活。

——杜　均

注释

[1] 茅房：厕所。

[2] 葛衣：葛布成衣。葛布用葛纤维织成，色白，比麻细软，常做夏衣，贫富皆服。

自新繁之金堂,过文澜堤偶吟 [1]

清 杨必绪

路出繁江此处过,长堤吟望意如何?
群鸥结队眠幽浦,两水分流漾碧波。
矮屋绿溪劳犬吠,残霞落岸比云多。
渔翁晚唱秋风曲,柳外夕阳卧绿蓑。

诗写文澜长堤所见。两水分流,碧波悠悠,鸥鸟结队,群眠幽浦,人鸟相安,不相袭扰,宜见当年重视生态保护。不因食因猎伤害野兽野禽。绿溪犬吠,残霞落岸,一幅傍水人居的逍遥图画。结句渔翁唱晚,蓑卧夕阳,将繁江秋景,人有劳逸,适情适性,写到声色兼具。如此祥和,又何羡乎桃源。诗用词精当,结构严谨,生动形象。

——裴继光

作者简介

杨必绪,生卒年不详,字青畲。乾隆嘉庆时潼川(今四川三台县)庠生。

注释

[1]文澜堤:在成都市青白江区大同镇境内。

文澜晚归

清 陈心敏

雨中杨柳树,花外海棠楼。

斗草归来晚[1],双江带月流。

这首五绝,写诗人与友游文澜堤遇雨晚归时所见的秀丽景色,言简意赅,诗中有画,清新自然,且体现诗人的童趣心灵,全诗一气贯注,悠然成篇,耐人寻味。

——裴继光

作者简介

陈心敏,生卒年不详,清乾嘉时四川金堂人,生平不详。

注释

[1] 斗草:又称斗百草,是中国民间流行的一种游戏,属于端午民俗。其最初的源起已无处可寻,最早见于文献是在魏晋南北朝时期,唐朝后斗百草渐成为文人、妇女和孩童的游戏之一。

韩滩

清 梁起祥

最是韩滩古渡滨[1],每从沙涨忆芳辰[2]。
半篙疑作三秋色,万顷长添二月春。
绿柳岸停沽酒客,白苹洲送卖花人。
画船倚处烟波好,多少名流乐问津。

此诗记咏诗人在韩滩古渡的画船上,观赏早春二月的江上风光、苹花绿柳、烟波浩渺、游人熙来攘往,沽酒吟颂的美好情景。

——李兴辉

作者简介

梁起祥,生卒年不详,名承吉,四川金堂人,嘉庆举人。

注释

[1] 韩滩古渡:位于成都市金堂县赵镇毗河、中河、北河三江汇合处。汉代名大渡。北宋熙宁年间(1068年—1077年),梓州路转运使韩王寿曾疏浚金堂峡,改名韩滩渡。"韩滩春涨"为"金堂八景"之一。

[2] 沙涨:淤沙出水成洲。北周王褒《和庾司水修渭桥》:"波生从胡舶,沙涨涌新洲。"一般指涨水后淤成之沙洲。

游文澜堤 [1]

清 陈顺琛

微风吹绿皱粼粼,夹岸花开不动尘。
行过小堤春水曲,柳阴一半打鱼人。

诗写文澜堤春景,微风吹绿,既是水绿,也是草、树之绿。花开无尘,鲜洁明丽,春水一曲,柳阴之下,半是渔人,鱼产何其丰饶。文字简练,情景交融。

——裴继光

作者简介

陈顺琛,生卒年不详,字双玉,四川金堂人,嘉庆庠生。

注释

[1] 文澜堤:清时成都文澜堤多垂柳,风景优美,文人雅士多游于此。

竹枝词

清 尉方山

玉垒山头月欲低[1]，万里桥边柳色迷。

千里消魂人不少，子规切切再三啼。

此诗写成都万里桥一带景色。万里桥即今成都市南门大桥（俗称老南门大桥），是成都历史上著名的古桥。三国时，蜀汉丞相诸葛亮曾在此设宴送费祎出使东吴，费祎叹曰："万里之行，始于此桥。"该桥由此而得名。它既是古代成都水陆交通的一个重要起点站，又是一大名胜古迹，历代文人吟唱不绝。

——裴继光

作者简介

尉方山，生卒年不详，字晴岚，成都人。嘉庆十三年（1808年）举人。书法学董其昌，神形酷似。著有《无梦想斋集》《益州书画录续编》传世。

注释

[1] 玉垒：山名，位于都江堰市区二王庙东侧。杜甫有"锦江春色来天地，玉垒浮云变古今"之名句。

舟发成都 清 杨庚

爆竹鸣钲一片哗[1]，今朝真别锦江涯。

开船泥饮酬神酒[2]，行囊添藏赠妇花。

秋水不波云影净，晴天无际雁行斜。

中流莫便蓬窗卧，尚有诗情为晚霞。

  此诗写诗人舟发成都之情景，第三句用"泥饮"配以"酬神酒"，生动地刻画出当时的生活片段，为了一帆风顺，还得先敬神再开船。可知当时成都锦江可通航，有小船可从九眼桥出发沿岷江经乐山，从宜宾转大船，由重庆出三峡直达南京上海。

——裴继光

作者简介

  杨庚，生卒年不详，字少白，四川江安人，嘉庆举人，著有《桐云阁试贴辑注》传世。

注释

  [1] 钲：古代的一种乐器，用铜做的，形似钟而狭长，有长柄可执，口向上以物击之而鸣，在行军时敲打。

  [2] 泥饮：此作痛饮解。

苏坡桥

清　李炳奎

盎盎浮春气，芳邻一望中。
楼依杨柳陌，门亚海棠风。
野水潆洄绿，山花合还红。
苏坡桥畔路[1]，沽酒问郫筒[2]。

传说此桥是苏东坡捐资修建，故名"苏坡桥"。桥下流水淙淙，两岸柳丝飘逸，桑田秩秩，房舍俨然，如诗如画。诗写当时成都市苏坡桥一带的秀美风光。

——裴继光

作者简介

李炳奎（1791年—？）清嘉定府夹江县人。嘉庆十八年（1813年）举人。后由国子监助教选外任，历官湖南长沙、湖北武黄同知、常德府知府。著有《常惺惺斋诗集》《常惺惺斋文集》等传世。

注释

[1] 苏坡桥：位于城西现三环路内侧，成温公路经此，清水河穿境而过。

[2] 郫筒：现为成都郫都区郫筒镇。

游文澜堤

清 李勋

溪水迢迢夹岸来，无边秋色水西隈。
芦花十里明如雪，露冷风清坐石苔。

此诗是作者深秋在文澜堤漫步即兴所作，本诗落笔明快，不加修饰如同白话，结句却有些凄凉。作者独自坐在冰冷的大石上面对溪水东去、芦花胜雪，眼前呈现一片萧索之景。此时是否勾起作者的什么心绪，本诗以隐讳的手法，借景抒情，让读者自去领会，这也是前人写诗的常用手法。

——洪君默

作者简介

李勋，生卒年不详，字敬亭，四川金堂人，清乾嘉时代庠生。

初夏古城桥即事

清 杨源

傍晚城边路，田家事事忙。
轻风吹细雨，几树小梅黄。

诗作清新秀美，写成都市金堂县古城桥初夏景色，黄梅时节，梅雨初降，亦当夏收夏种，故田家事事皆忙，寥寥数语，清晰明了，经济笔墨。

——裴继光

作者简介

杨源，生卒年不详，字卧山，四川金堂人，清乾嘉时代庠生。

春晚渡韩滩 [1]

清 巫光笈

春色满江头，韩滩漾急流。
水趋金灌口，人坐木兰舟。
霭霭云光合，重重树影浮。
平沙今夜月，沽酒拟登楼。

此诗描写诗人春夜乘小舟渡韩滩之情景，通过写暮色中的春夜江景，展现了如画的景致，表达了诗人心情闲逸，用词典雅精当。

——裴继光

作者简介

巫光笈，生卒年不详，字七云，四川金堂人，清乾嘉时代庠生。

注释

[1] 韩滩：位于成都市金堂县赵镇毗河、中河、北河三江汇合处。汉代名大渡。北宋熙宁年间（1068年—1077年），梓州路转运使韩亢疏浚金堂峡，改名韩滩渡。为金堂近郊，邻关帝庙，风景优美，现改建为韩滩生态园，为金堂八景之一。

游龙潭寺 [1]

— 清 孙文骅

久与禅栖别[2],疏林树欲红。

莎汀山色外[3],竹坞水声中[4]。

月照澄潭澈,沙平野径通。

今秋农事好,社鼓赛邻翁[5]。

> 此诗写成都龙潭寺一带秋色,诗以不平凡之心写平凡之景,贵在不加雕饰,山色水声,澄月平野,读之让人生亲和感。如画如歌,美不胜收。
>
> ——裴继光

作者简介

孙文骅,生卒年不详,字云衢,号晓山,绵州人(今绵阳市)人。官黄安知县,清正廉洁。能诗善文。

注释

[1] 龙潭寺：位于成都市东郊。因三国时蜀汉皇帝刘备之子刘禅，路过此地天热沐浴后得名。

[2] 禅栖：出家隐居。此指佛寺。语出《水经注·淄水》："所谓修修释子，眇眇禅栖也。"

[3] 莎（suō）汀：长满莎草之汀洲。

[4] 竹坞（wù）：四周笼竹之平地。莎汀对竹坞，佳对也。

[5] 社鼓：旧时社日祭神所鸣奏之鼓乐。社有春社与秋社两种。

峡口晓行

清 陈一津

夜宿怀州道,遥从峡口还[1]。
饥驱三十里,饱看四围山。
古树连青霭,高云出故关。
枣鱼梁下水[2],无处不潺湲。

  本诗写早上乘舟经过峡口所见:有古树、高云、故关、枣鱼梁等,虽腹饥却能饱看四面青山,听潺湲流水,有失有得,亦人生常态。

——袁建章

作者简介

  陈一津,四川金堂人,生卒年及生平不详。

注释

  [1]峡口:今金堂县沱江金堂峡出口处。元初设怀州道。
  [2]枣鱼梁:古代捕鱼设施。

过弥牟镇

清 陈祥裔

匹马经行处,弥牟古战场。
晚风寒白骨,高树挂残阳。
八阵雄图在[1],三分蜀陇荒。
道边余短碣,读罢泪沾裳。

成都市青白江区弥牟镇有"旱八阵"遗迹。诗人途经弥牟古战场,面对晚风白骨,高树残阳,不禁思绪联翩。八阵雄图虽在,三分蜀陇却荒。诗人对诸葛六出,姜维九伐未必没有意见。六出与九伐,征战不绝,使得蜀、陇凋蔽。谋国之难,于此可见;故读短碣而热泪沾裳,惜诸葛亦哀百姓也。

——袁建章

作者简介

陈祥裔,生卒年及生平不详,撰有《同人传》共四卷(两淮盐政采进本)。

注释

[1] 八阵:传为诸葛亮练兵之旱八阵。

同叶雪荪郎中至犀浦

清 顾复初

西山隐隐在郊扉，野店溪桥入翠微。
春草马蹄兼蝶举，夕阳牛背带鸦归。
清渠激溜村春急，古木寒花市火稀。
赖有故人留我宿，一樽绿酒卸尘衣。

诗人与友人同行至成都近郊犀浦即兴吟哦。其中颔联对仗工整，形容得体。即景诗都是以眼中所见、耳中所闻和心中所想为主体，信手拈来，略加修削而成。故本诗流畅自然，毫不造作。又以故人留宿作结，更是韵味无穷。
——洪君默

作者简介

顾复初（1800年—1893年），字幼耕，一作幼庚，又字乐余、子远，号道穆、听雷居士，又号罗曼山人，晚号潜叟，代表作品《罗曼山人诗文集》。

登丹景山 [1]

清 戴澍铭

群峰争蔽空，一山天外立。
苍翠割鸿蒙，阴阳判朝夕。
盘空鸟道悬，壁立人面逼。
回环旋螺纹，崎岖越鸡帻[2]。
头触前人尻[3]，足抵后人额。
宛转及层巅，兰若露林隙[4]。
我自后院游，缒幽探古迹[5]。
老干耸崖端，根迸石壁裂。
遥望锦官城，迷离烟雾隔。
仰盼云霄间，帝座通呼吸[6]。
引手排天阊[7]，星斗近可摘。
怀古意茫茫，感慨盈胸臆。
倚栏自低回，西风吹瑟瑟。

诗落笔奇特，极富想象力。从"苍翠割鸿蒙"至"帝座通呼吸"，形容山势之险峻的词汇大多用了。且以比喻手法让读者有一种高不可攀的感觉。诗以情景交融为佳，"怀古意茫茫，感慨盈胸臆"正是这首诗所要表达的。对苍茫大地，人何其微。若无浑厚的文字功底与细心的洞察力，是无法写出如此动人诗篇的。

——洪君默

作者简介

戢（jí）澍铭（1836年—1908年），字朴斋，四川简阳县人。居家读书，著有《松石斋诗钞》。

注释

[1] 丹景山：丹景山在简州（今简阳），原名五台山，明熹宗天启间改为丹景山，乃佛道胜地。今属龙泉山脉，非彭州市之丹景山。

[2] 帻：古头巾。鸡帻（zé）：山势如鸡冠。

[3] 尻（kāo）：臀部。

[4] 兰若：寺庙，梵语"阿兰若"之省。

[5] 缒（zhuì）：用绳系人慢慢下落。

[6] 帝座：北辰。

[7] 阊（chāng）：天门。

路过老君山 [1]

清 陈瑞馨

古寺藏松柏，犹龙路曲蟠[2]。
山光经雨活，鸟语入林欢。
时见岭云起，不知春水寒。
当年炼金处，赤土尽成丹。

诗人路过老君山作此诗。诗写古寺松柏青葱，路途蟠曲如龙。山光，鸟语，春水，及当年炼金处，尽收眼底。"活""欢"两字为诗眼。读此诗，登此山，或有助于领会"道法自然"之精义也。

——袁建章

作者简介

陈瑞馨，生卒年及生平不详。

注释

[1] 老君山：坐落于四川省绵阳江油市城区以北，因传太上老君曾在此山的老君洞内炼丹而得名。

[2] 犹龙：孔子赞老子犹龙也，此指路蟠曲如龙。

苏坡桥

清　佚名

客去亭何在？桥空水自流。

可怜歌咏地[1]，犹带宋时秋。

> 客去亭毁，水流桥空。江山异代，文光长照不衰；坡翁虽逝，桥名犹存凤惠，歌咏之地，犹带宋时秋声。诗人不朽矣！
>
> ——袁建章

作者简介

作者不详。

注释

[1] 歌咏地：吟诗处的风物和遗迹。

状元街杨用修故宅 [1]

清 毛澂

书堂空榜旧时题[2]，教伎楼倾久缺梯。
树绕假山藏石穴，水侵枯柳卧池堤。
日斜每见居人祭，月暗如闻野鹍啼[3]。
白发逐臣天万里，永昌犹在夜郎西[4]。

  杨慎故宅已圮，诗人见时，书堂榜空，教伎楼倾，见得房屋破败。树绕假山，水浸枯柳，见得园林荒芜。昔日华屋凌空，笙歌匝地之风光不再，世事沧桑，令人唏嘘。然日斜居人每祭，杨慎之学问人品犹为后人景仰礼敬，德泽善政犹为人追慕缅怀。暗夜鹍啼，犹在哀叹人去宅空，直臣不幸乎？慎因"大礼议"遭嘉靖廷杖，谪戍永昌卫，老死未归。埋骨南荒。李白因入永王璘幕而贬谪夜郎，杨慎贬所犹在夜郎之西。

然杨慎在西南荒远之地，摆脱朝中官场纠葛，三十年间广兴教育，传播文化，调和汉族与各少数民族之关系，努力著述，丰富了汉语文典，为滇西南教育之兴盛及汉文化之发展，做出了巨大贡献，亦所谓焉知非福？

——何焱林

作者简介

毛澂（chéng），一作毛澄（1843年—1906年），字叔云，号瀚丰，生于四川眉山市仁寿县镇子场（今骑虎乡）。光绪三年（1877年）以县学生考取优贡第一。

注释

［1］杨用修：杨慎，字用修，号升庵，其《绛雪书堂》在成都状元街。

［2］榜：匾额。

［3］鵩（fú）：似猫头鹰，古人以其为不祥鸟。

［4］永昌：南诏置，明嘉靖复置永昌军民府，治所在今保山县，杨慎流放之地。夜郎：古西南夷之一部，确切所在迄无定论，大致指今贵州六盘水为中心之地带。

摩诃池 [1]

清 毛澂

十里烟光照绿波,楼台倒影入摩诃。
蒲荒半掩游人艇,树密深藏宿鹭窝。
白浪一篙春载酒,红窗四面夜闻歌。
当时苑囿繁华尽,奈此凄清月色何!

摩诃池经一千多年的沧桑,至清初只剩下不多的水域。1914年全部填作演武场。诗人来时,摩诃池已失去昔日光彩,荒蒲废艇,林密宿鹭。诗人从颔联写出该池的荒芜,感慨油然而生。尾联点出繁华已尽,冷月无声,慨叹人世沧桑。

——洪君默

注释

[1] 摩诃(hē)池:在今成都体育中心南侧,后子门一带。始于隋代,是唐、宋文人雅士游玩赋诗的胜地,今已不存。

锦江东下绝句 _清 毛澂

春江风信冷于秋[1],不必秋心始算愁。
水似镜奁山似黛[2],一帆风雨下眉州[3]。

这是诗人在春天从锦江乘舟东去,经过眉山的即景信笔诗。诗人以平常语入诗,却别有风韵,从春山春水入手,描绘锦江两岸美景。诗人漂泊天涯的愁心未减,却来个春江风信冷于秋。拿春比秋,又以秋说愁,可谓神笔。

——洪君默

注释

[1] 风信:应季而来之风。此指二十四番花信风。

[2] 奁(lián):女子梳妆镜匣,泛指精巧的小匣子,亦作资给,如"嫁奁"。

[3] 眉州:地名,今眉山市。

和青城题壁诗 清 骆成骧

郁郁青城对赤城，深秋爽气扑人清。

书台草长重围合[1]，仙洞花开四照明[2]。

风过桂丛留客坐，雨余松盖倚天擎。

玉真闲共金华语[3]，子晋归来鹤夜声[4]。

　　题壁者谁？已不可考。然书台草长，见隐者去久；仙洞花明，慨青山依旧。物是人非，此其征矣！风过桂蕊飘香，非留我坐乎？雨余松盖擎天，真遮余阴者。遥想当年，玉真、金华两位公主来此修真，曾在此闲话吧，而今安在？或许，得道成仙的王子晋可以归来？然而，那不过是仙鹤夜鸣引发的想象。人世代谢，悠悠千载，稍纵即逝。

——何焱林

作者简介

骆成骧(1865年—1926年),字公骕,四川资中人。光绪二十一年(1895年)状元,是清代四川唯一状元,官至山西提学使。民国元年(1912年),任四川省议会议长,后执教于四川法政学校、成都高等师范学校。

注释

[1] 书台:唐杜光庭隐白云溪,有读书台,此用其典。

[2] 四照:语意双关,一用《山海经·南山经》:"其华四照"之义,一指"四照花",落叶亚乔木,生于山地,其花成球,光彩四照,故名。

[3] 玉真、金华:唐朝公主,曾来青城修道。

[4] 子晋:王子乔之字,东周灵王太子,传其从浮丘公学道成仙。

咏蒙阳[1]

—— 清 席夔

半塔巍然土一堆,好从对面筑楼台。
高低稚笋添丁竹[2],浓淡新花破甲梅[3]。
废县址存千载后,抱墟水自九溪来。
门前几棵松兼柏,都是携锄手自栽。

诗人是彭州人,所以对蒙阳的风土人情十分熟悉。诗人到蒙阳时县已废,半塔唯剩土一堆,但风光尚优美。全诗以写实为主。自隋仁寿二年(602年)置县,大业三年(607年)旋废,唐初复县至洪武十年(1377年)又废。故诗人从大业废县算起已有千年,"千年"在诗中常为概数。此诗一目了然,不失为佳作。

——洪君默

作者简介

席夔,生卒年不详,字子研,四川彭县人。官广西知州。清代书画家,工画花卉竹石,极生动有法度。传世书迹有《隶书千字文》。

注释

[1] 蒙阳：位于成都西北方，隋仁寿二年（602年）置濛州，领九陇、清城、郫县。濛州在濛江之北，故改称濛阳县。洪武十年（1377年）废县改镇至今，隶属彭州。

[2] 丁竹：新竹，丁壮之竹。

[3] 破甲：植物种子，裂开外壳，生出嫩芽。

籍田行[1]

清 凡若

长宿长亭且白头,爱他风景小勾留。
四山平远金华外[2],三水萦回玉带流[3]。
却有籍田成废县,犹余息壤说隆州[4]。
蜀王到底无名氏,一墓场边去悠悠。

诗从宿长亭入手,对籍田的美丽风光进行描绘,也表达诗人对天府之国的赞赏,又联想到籍田县治已废而沃土犹存,大有"万里长城今犹在,不见当年秦始皇"之慨,世事无常,帝王也非万寿无疆,而人民却代代生息于斯,孰轻孰重,一语道破。

——洪君默

作者简介

凡若,生卒年及生平不详。

注释

[1]籍田:籍田镇,今位于成都天府新区。传蜀汉先主刘备"于此置籍田",故得名。

［2］金华：庵名，与籍田隔江相望。

［3］三水：落雁河、柴桑河、鹿溪河。

［4］息壤：传说中一种永不减耗，自行生长的土壤。《舆地纪胜》卷一五〇《隆州》云："在籍县南一里有地亩余，踏之软动。靖康二年，提刑邵公大书'息壤'二字，镌之于石。"今石已不存。

夜过广都城故址 [1]

— 清 曾肇琦

废县广都城，宵无击柝声[2]。
荒村吠野犬，带月竞春耕。
迁徙何尝定？迢遥终古情。
自来征战地，谁复忆岑彭[3]？

> 汉代的广都城至诗人来时，已是荒村闻犬吠了，诗人只是借题发挥，道出心中块垒。凡怀古诗多有诗人的感情寄托，这首诗的尾句已是时过境迁，"谁复忆岑彭"正是这首诗的用意所在。
> ——洪君默

作者简介

曾肇琦，生卒年及生平不详。

注释

[1] 广都城:《后汉书》注:"广都故城在成都县东南。"今成都区双流华阳镇古城村一带。

[2] 柝:木梆,巡更用。

[3] 岑彭:东汉初人,率汉军伐公孙述,遇刺死。

玉堂场竹枝词（二首） 清 曾肇琦

黄冠草履笑颜开[1]，半是山人往复来。
囊橐一肩红树里[2]，新泥有迹带苍苔。

天漏时多柳发桠[3]，山间市上总喧哗。
尝将米价高低问，好摘青城谷雨茶。

"竹枝词"由古代巴蜀民歌演变而成，一般以歌咏风土人情为主，是地道的乡土文学。这两首竹枝词都是描写成都农村赶集的情景，生动地再现当时乡间生活。语言真挚平白，雅俗共赏。

——洪君默

注释

[1] 黄冠草履：指粗劣的衣着，借指平民百姓。
[2] 囊橐：装粮食的口袋。
[3] 天漏：连日雨，指雨量过多。

繁江竹枝词 清 周成基

沿堤竹树水云铺,清白江边草结庐。

十里平芜青不断,界牌春雨长慈菇[1]。

> 堤岸竹树成荫,在水云铺成路上延伸,流淌出最美的画面:时而看到以稻草等结成的茅庐,错落于十里青青平芜之间,以及道旁雨中生长的慈菇,春景如画。纵观全诗,初看落笔或不经意,细细品味皆为绝唱。
>
> ——杨振兴

作者简介

周成基,生卒年不详,字小坪,清新繁县人,诸生。

注释

[1] 界牌:今为成都青白江区大同镇界牌村。慈菇:亦称山慈菇,味苦,入药。

繁江竹枝词 清 杨益济

锦江桥畔白沙堤，杨柳千条夹岸低。

最是晚烟横练后[1]，游人都爱出城西。

  诗以锦江桥边一点，写成都晚景。当时锦江不似今日全为石岸，而是沙堤。前人喜欢沿江植柳，既可固堤，也是一道优美风景线，所谓"三九四九，沿河看柳"，及早得到春之消息。夏季烈日当头，亦可遮阴防暑。晚烟消散之后，人家晚餐已了，故携儿带女，过桥出城，纳凉消暑，欣赏田园黄昏。从其描述，当是夏初或夏末，一则天气较长，再则气温较高。沙堤长桥，杨花柳岸，晚烟横素，人约黄昏，好一幅芙蓉城西晚照。

——何焱林

作者简介

杨益济,新繁人(今属成都市新都区),生卒年及生平不详。

注释

[1] 晚烟:炊烟及轻薄夕雾,飘浮在低空,宛如素练横陈。练:洁白的熟绢。

出郭登灵岩山寺 [1]

—— 清 黄应泰

群峦横黛夹深沟[2],石磴盘空寺更遒。
径外野花霜气肃,涧中流水玉声幽。
云容舒卷千峰出,山色苍茫万树秋。
我访灵岩一登览,江河如带入吟眸。

群峦横黛,石磴盘空,古寺庄严,霜气清肃,野花香露,流水玉声,云卷千峰,苍茫万树,虽已入秋,不减丽色。诗人凭高远眺,晴江如带,万壑千山,奔来眼底,能不诗兴油然,引吭高吟?诗用浅白词语,写出江山秋色,胸中意气。行笔亦老成也。

——何焱林

作者简介

黄应泰,四川人,生卒年及生平不详。

注释

[1]郭:城郭。出郭即出城。灵岩山:位于成都都江堰市,海拔1342米。
[2]横黛:群峰远去,如黛色横抹,亘于天际。

谒武侯祠

——清 杨为楫

卧起南阳鱼得水[1],远开西蜀虎从风[2]。
衣冠晋代归尘土[3],剑佩端然肃汉宫[4]。

  诗起于追述刘备与诸葛亮之际遇,卧龙一起,鱼方得水,喻刘备有了谋主,从此走上阳关大道,远开西蜀,建极立国。然复兴汉室,终未成功。三家逐鹿,鹿却为司马氏所得,历史有出人意表者。人世代谢,司马氏亦逆旅之过客,晋代衣冠,已成往迹,晋之宗社,已归尘土。武侯祠屋却屹立千秋,剑佩肃然,令人想见汉代官仪。此亦所谓民心所在吧!

  此诗对仗工稳,引人入胜,后两句转折得当,紧扣诗题。

——何焱林 裴继光

作者简介

杨为楫,生卒年及生平不详,字甫治,眉山人。

注释

[1] 南阳:古称宛,位于今河南省西南,豫、鄂、陕三省交界地带,因地处伏牛山以南,汉水以北得名。白居易《咏史》有句:"鱼到南阳方得水,龙飞天外便为霖。"句用其意。

[2] 虎从风:风从虎之倒述。比喻事物之间的相互感应。

[3] 晋:司马炎所建之晋朝,结束三国分立,统一天下。句用李白诗"晋代衣冠成古丘"意。

[4] 剑佩:剑与垂佩。

遇仙桥[1]

清　李瑁

帝子思淮鼎[2]，虚桥待羽裳[3]。
山连层雉翠[4]，水带浣花香。
无复摩铜狄[5]，犹存叱石羊[6]。
临流频眺望，兴绕白云乡。

　　成都有送仙桥、遇仙桥，皆传说中遇仙送仙之地。诗人到此，思绪杂陈。所谓神仙，不过虚妄之说，刘安炼丹，结果自杀而亡，何曾吞丹飞升，遑论鸡犬？在桥上何人何年能遇仙送仙？然临此桥头，可以远眺，山如重城，连峰横翠天际；可以近赏，桥下流水淙淙，微波清冽，犹带浣溪花香。十二金人，早已湮灭在历史的沉积中，石羊犹存，但叱之不起。何必怀古伤情，临流眺望，白云悠悠，倒也兴味无穷呢！

　　　　　　　　　　　——何焱林　李德明

作者简介

　　李瑁，生卒年及生平不详。

注释

[1] 遇仙桥：成都有遇仙桥、送仙桥两座古桥，均在青羊宫附近。传每年农历三月三日，各路神仙都来此与民同乐。

[2] 帝子：指西汉淮南王刘安，为高祖刘邦之孙。淮鼎：淮南王刘安炼丹之鼎。

[3] 虚桥：虚有天空，凌空之义，如虚皇（天帝），虚碧（天空），虚桥即神仙凭虚往来，如度飘渺之桥，道教有步虚词，即用此意。

[4] 山：指龙泉山脉。雉：城墙，如雉堞。层雉：指山如层雉般一层一层地升高。

[5] 铜狄：铜人。语出《汉书·五行志》："始皇初并六国，销天下兵器，作金人十二以象之。"后因称"铜人"为"铜狄"。

[6] 叱石羊：叱石成羊。晋葛洪《神仙传》故事：丹溪人黄初平入山修道，能叱石成羊。此与青羊宫古有石羊，或成都有石羊相关，今石羊场即其遗。

江南送人还蜀

清 宗止

吾家有幼弟，家住少城西。

茅屋环栽竹[1]，花溪晚杖藜[2]。

江滩流夜月，沙岸扬春堤。

君去如相过，园林待品题。

  诗为嘱友人入蜀代为探弟之作。诗人久客江南，通过对成都西郊故园美景、人事的描述与回忆，寄托了殷殷的思乡之情。尾联更敦请友人往过弟家，品题其园林。虽第六句三平尾，仍不失为一首好诗。

——李德明

作者简介

  宗止，生卒年及生平不详。

注释

  [1] 栽竹：家环栽竹，多在郊外或近郊。

  [2] 藜（lí）：一年生草本植物，亦称"灰条菜"。茎直立，嫩叶可食，茎可以做拐杖。

纪胜亭怀古 [1]

— 清 罗玮

名贤寄迹此峰头,藓蚀残碑几度秋。
浩瀚文章惊海内,琳琅丽句勒山陬。
当年题咏人何在,今日登临水自流。
怅望江天云影净,白蘋红蓼满汀洲[2]。

"名贤寄迹"即指杜甫等。颔联说文章为山水增色,颈联颇有接踵前贤之意。尾联发思古之幽情,是惯用结句手法。作品扣题,分层叙写,章法有致,略嫌熟滑。

——杜 均

作者简介

罗玮,清朝秀才,四川新津人,生卒年及生平不详。

注释

[1] 纪胜亭：位于新津修觉山，唐代杜甫、北宋三苏、南宋陆游等皆到此寻幽访胜，留有诗文。

[2] 白苹：亦作"白萍"，多年生水草。多生于池沼、水田等水湿地。蓼：草本植物，生长在水边或水中，亦称水蓼，俗称蓼子花，多红色。

游纪胜亭次苏子由韵

清 王玮

幽亭散步水天空,秋色迷离一望中。
山插翠鬟初着雨,云生远岫半随风。
那堪荒草埋残碣,不尽词人倒碧筒。
朱阁高楼何处是?徒馀纪胜忆苏公。

这首诗是诗人唱和苏辙《纪胜亭》原韵。首、颔联写景,颈、尾联抒情。起手造语平淡,却淡而有味,颔联"山插翠鬟""云生远岫",着雨随风,境界活泼灵动。文士游历至此,不能不痛饮而怀古。尾联感慨深重。此诗语言清丽,通体浑圆。

——杜 均

作者简介

王玮,生卒年不详,新津人,清隆六十年(1795年)举人,曾任中江县教谕。

注释

[1] 碧筒:指碧筒杯,一种用荷叶制成的饮酒器。

登金堂山 [1]

清 陈大纶

千山横不断，蜀国旧金汤[2]。
此际一登览，风烟共渺茫。
浮云来玉垒[3]，流水下铜梁[4]。
禹甸何寥寥[5]，迢迢接帝乡[6]。

  诗人登临金堂山，视野开阔，举目纵眺，心绪浩荡而格外怡然！只见脚底峰岭纵横，起伏连绵，虽时有风烟缭绕、浮云惠顾，却于渺茫中别生意趣。不由得忆起禹甸之阔大，鱼凫氏之古老，金城汤池之险固。禹甸寥廓，遥接帝乡，无不令人流连忘返。

  ——冯礼台

作者简介

  陈大纶，成都人，生卒年及生平不详。

注释

[1] 金堂山：《华阳国志》记载：新都县有金台山，水通巴汉，以水出金沙而名。"金堂"乃道士李八百修行的庐舍。唐·咸亨二年（671年）从雒县、新都、金水三县各割出一部分新建一县曰金堂，县城设置在今赵镇古城街。《元和郡县志》曰："以县界连金堂山，故以为名。"

[2] 蜀国：蜀人鱼凫氏立国，经历望帝杜宇建立的王朝，到蜀王杜芦(开明氏)瓦解，共十三位君王在位，存七百二十九年。后人称作古蜀国。后与巴国相连，现泛指四川。金汤：金城池汤的简称。唐·颜师古注："金以喻坚，汤喻沸热不可近。"此乃形容城池之险固。

[3] 浮云：玉垒山高，都江水系发达，多生云雾。玉垒：即玉垒山，古时多作成都的代称。

[4] 铜梁：位于长江上游地区的重庆西部。春秋战国时期为巴国属地。

[5] 禹甸：本谓禹所垦辟之地，后代称中国之地。寥寥：广阔、空旷。

[6] 迢迢：形容十分遥远。帝乡：传说中天帝的住所。后也指皇帝的故乡。

《万里桥送别图》为胡书巢同年赋[1]

清 高辰

濯锦城西万里桥[2]，清流如驶路迢遥[3]。
故人握手情千里[4]，仙吏归舟诗一瓢[5]。
五岭暮云红树合[6]，三峨晴雪碧天廖[7]。
蓬窗起处如回首[8]，珍重韦郎入梦招[9]。

　　相传李冰在成都修筑了七座桥梁，与北斗七星一一对应，合称"七星桥"。其中一桥名曰长星桥，便是后来的万里桥。万里桥是成都历史上著名的古桥，今俗称的老南门大桥。

　　诗乃送别，先从万里桥着笔，放眼清波浩荡路途迢遥之征途，已笔墨开阔，起势不凡。随之表达依依惜别之情：老友执手，相互牵挂，即千里相送亦终有一别；只好静心等待归舟，再聚首言欢，于是各自以诗相酬。其中"诗一瓢"，造语新奇，既与上句之

"情千里"相对偶，又别生意趣。接着开阔视野，放纵想象，一路上过五岭，眺三峨，有暮云相随，晴雪与伴，又有红树聚合、碧天寥廓，好不舒心爽意！但友情相携，不由得时而启窗回顾，然船已远行，只望梦中与君相会也。此诗对仗工稳，情意深笃，好诗也！

——冯礼台

作者简介

高辰，生卒年及生平不详，清吴（今江苏苏州）人，有《畊砚田斋笔记》存世。

注释

[1] 胡书巢：清代诗人。同年：古代科举考试同科中式者之互称。

[2] 濯锦城：简称锦城，成都的别称。

[3] 迢遥：遥远而时间久长。

[4] 故人：旧交、老友。

[5] 仙吏：神仙世界的职事人员，亦即天界使者。

[6] 五岭：指萌渚岭、越城岭、都庞岭、骑田岭、大庾岭。

[7] 三峨：即四川峨眉山的大峨、中峨、小峨三峰。廖：空旷辽远。

[8] 蓬窗：此指胡所乘船舟之蓬窗，稍大之船，亦有船篷之窗，开启可望江景、岸景。

[9] 韦郎：即韦应物，唐代山水田园诗派诗人，后人以"王（王维）孟（孟浩然）韦（韦应物）柳（柳宗元）"并称。其山水诗景致优美，清新自然而饶有生趣。

伏龙观 [1]

— 清 何椿龄

千年龙独卧,涛吼作龙鸣。
万古此江水,东流一气清。
我怀秦太守,祠祀范长生 [2]。
定有骊珠在 [3],深宵抱月明。

诗人登伏龙观赋此诗,颂扬这宏伟胜景和伟大的水利工程。盛赞李冰的功绩和范长生的体恤民生,表达了诗人的人文情怀。

——李兴辉

作者简介

何椿龄,生卒年不详,字竹友,成都人。拔贡,官泸州学正。著有《竹友诗集》。

注释

[1] 伏龙观:位于都江堰离堆北端。创建年代不详。传说李冰父子治水时曾制服岷江孽龙,将其锁于离堆下伏龙潭中,后人依此立祠祭祀;北宋初改名伏龙观。

[2]范长生：名延久，"蜀之八仙"之一。西晋时成都一带天师道首领，曾任成汉政权丞相，倡导"休养生息，薄赋兴教"，使大成政权一度昌盛。

[3]骊珠：语出《庄子·列御寇》："夫千金之珠，必在九重之渊，而骊龙颔下。"传说骊龙颔下的宝珠非常珍贵，所谓"家有骊珠不复贫"。

百花潭

清 易简

去国离家老病身,天涯何处不相亲。
花卿好客才偏放[1],严武多情气未驯[2]。
万里风尘空陨泪,五陵裘马自伤神[3]。
会须买棹夔门去,瀼水东西理钓纶[4]。

  诗人在百花潭凭吊杜甫。杜甫寓居成都,因具诗才,赢得花卿好客,严武多情。果然天涯何处无人与之相亲。但运途多舛,万里离乡,思衣锦还乡而不得,枉自伤神,只好买舟东下,去瀼水理理钓鱼的纶杆,虚度人生。
  诗对仗工稳,韵律流畅,首尾相呼应,通篇未写杜甫一个字,所言皆杜甫的人生际遇,殊为可贵。

——蔡长宜

作者简介

  易简,生卒年及生平不详。

注释

[1] 花卿：指成都尹崔光远部将花敬定。

[2] 严武：指扶持杜甫的贵人，曾任成都尹及剑南节度使。

[3] 五陵裘马：代指思乡或衣锦还乡。

[4] 瀼水：今重庆市云阳奉节，湖北省巴东一带，凡汇入长江的支流，多以瀼水称之。杜甫曾居瀼西。

竹枝

清 吴好山

鲜鱼数尾喜无穷,分付烹煎仔细烘。
九眼桥头凉意足,邀朋畅饮一楼风。

此为好山游历成都时作。原九眼桥一带,多有渔家打鱼。现捕现卖,亦多酒肆饭庄。诗人邀朋聚友,于江边买得数尾鲜鱼,遂命店家仔细烹烘,待到鱼熟酒香,遂举杯属客,大快朵颐。更可人者,俗谚称六腊不登楼。岂料九眼桥边酒家皆临河而开,楼高轩敞,清风带着一江爽气,穿花拂柳,当轩而入,穿堂而过,使诗人有"畅饮一楼风"之感,何其快哉!

——何焱林 蔡长宜

作者简介

吴乔(1611年—1695年),原名殳,字修龄,江南太仓(今属江苏)人,入清后以布衣游于公卿间。曾与吴江戴笠同辑《流寇长编》。他推崇贺裳、冯班,著有《围炉诗话》等。好山为蜀汉至成汉间蜀车骑将军吴壹之后。其有句:"雁将秋色去,帆带好山移。"人遂称之曰"吴好山",并以之显。

古佛堰[1]

清 张问陶

石乱篙声碎[2],滩平竹影留。
小山全贴地[3],尺水亦行舟[4]。
疏柳通官堰[5],层檐凸寺楼[6]。
故园今渐远,倚舵一回头。

  诗人买舟,取道黄龙溪入长江东下吴会或者北上蓟门。江多乱石,为免船毁人亡,篙工频频使篙,故篙声琐碎。道路是曲折的,河道亦然,过不多久,险区已过,沙平江宽,初阳朗照,婆娑竹影,印于平缓江滩,刚才紧张之心情,为之一扫。扶疏的柳树,迤逦遥通官堰,川民多于堤岸渠边堰埂广植柳树,以护水工。沿黄龙溪而下,故乡渐行渐远,今日一去,远游殊方,不知何日能归故里,见到耳鬓斯磨的亲朋故旧。不禁倚舵回头,遥望被无边云雾,万重青山遮断的故里,禁不住的乡愁油然而生。

           ——何焱林 蔡长宜

作者简介

张问陶（1764年—1814年），字仲冶，一字柳门，号船山，清四川遂宁人。清代杰出诗人，诗论家，书画家。因遂宁城郊有一座秀美小山，形如船，故自号船山。善画猿，亦自号"蜀山老猿"。乾隆五十五年（1790年）进士，曾任翰林院检讨、江南道监察御史、吏部郎中。后出任山东莱州知府，后辞官寓居苏州虎邱山塘。撰有《船山诗草》，存诗3500余首。与袁枚、赵翼合称清代"性灵派三大家"。

注释

[1] 古佛堰：在双流黄龙溪镇，引河及泉水灌田，泉源来自古佛洞。

[2] 篙声：竹篙击石碰船之声，因水浅江窄石多滩多，故此段江面行船，多用篙撑。

[3] 贴地：黄龙溪为浅丘区，山多平缓小巧，仿佛贴地而生，不像大山，见首不见麓。

[4] 尺水：形容水浅，见得船山是枯水期来成都。

[5] 官堰：由政府出资修建的堰塘，非私家所有，当地农民皆可引水灌田。此指古佛堰。

[6] 层檐：多重屋檐，在黄龙溪小镇，只有庙宇才能有重檐翘角之屋宇。

近代
JIN DAI

成都历代经典诗词

泊黄龙溪 [1]

——近代 黄英

寂寂江村曲，停桡意怅然[2]。
疏星乱渔火，高树隐炊烟。
野果迎船卖，沙鸥傍石眠。
此乡如可住，不惜买山钱[3]。

此诗为诗人夜泊黄龙溪所见所感。黄龙溪虽不大，却是当年水陆码头，进出成都，多在此停泊过夜。泊时天色渐晚，市集早散，人多归息，故有江村寂寂之感。念及前尘，怅然有怀。俄尔疏星与渔火相杂而出，炊烟与暮霭绕树而飘，暝色渐深，卖野果之农人犹逐船叫卖，而沙鸥已安然入睡，见民生之劳苦艰困。诗人自己又何尝不因生事漂泊，如此乡可居，倒不如在此归隐了吧！

——何焱林

作者简介

黄英（1867年—1928年），字叔叔，四川荣县人，光绪十四年戊子举人，近代蜀学者、诗人，有《筹蜀篇》等行世。

注释

［1］黄龙溪：位于成都市双流区，在成都平原南部，为2100余年历史之古镇。

［2］桡（ráo）：船桨，楫。

［3］买山钱：买山林乡居之钱。语出《世说新语·排调》，后作归隐之典。

中和人家[1]

近代 赵熙

见竹知村富，栖禽向晚喧。
广场嬉稚子，埋石镇修垣[2]。
岁熟行人羡[3]，秋林嘉果繁。
主人何姓氏？芋叶自翻翻。

  成都农村喜种竹，有无家不种竹，无竹不成家之况。竹在农村用途极广，竹越多越富。山禽归巢，家禽归坍，好一阵喧闹，正是农家向晚写真。少儿在地坝嬉戏，成人于耕稼后趁天未黑修缮垣墙，见得农家勤劳。禾黍大熟，秋林果繁，一年生计有了着落，行人路过，亦为之高兴艳羡。主人姓什么呢？真想向他祝贺丰收。欲问而何须问？硕大的芋叶，在习习晚风中翻动，不正是主人欣喜之表露，频频向行人挥手致意？诗人用平实的语词，白描的笔触，绘出一幅秋稔晚照图，令人读后恍若置身其间。

  ——何焱林

作者简介

赵熙（1867年—1948年），字尧生、号香宋，四川荣县人。光绪十八年（1893年）进士。次年应保和殿大考，名列一等，授翰林院国史馆编修，转官监察御史。工诗，善书，间亦作画。诗援笔立就，风调冠绝一时，世称"晚清第一词人"。蜀传"家有赵翁书，斯人才不俗"之谚。

注释

[1] 中和：即中和场，在成都之南，今属成都高新区。

[2] 修垣：长的土围墙，埋石墙根，免其倾圮下沉。

[3] 岁熟：庄稼成熟，尤指秋熟。

下里词送杨使君入蜀（选四首） 近代 赵熙

行尽青山见锦城,菊花天气雨初晴[1]。
马头树色殊秦栈[2],大野青浮一掌平。

为诗人送友人入蜀之作,状友人一路跋山涉水,备尝辛苦。次句点明到达成都的时间是雨后初晴的深秋时节。这时所见景物与翻越"秦岭栈道"时的那种险峻地势完全不同,人的心情自然也就开朗许多。末二句写历尽险阻之后,见到一马平川,平原绿树葱茏的轻松心情。

——殷明辉 何焱林

注释

[1] 菊花天气：菊花多于仲秋绽放，此指仲秋或季秋。

[2] 秦栈：秦时栈道，在山壁石上凿洞、插入方木或石条作檩，铺木板为路通行，横亘秦、蜀边境。长度断断续续达数百公里。分布于秦岭、巴山、岷山之间。人称秦栈。

青羊一带野人家[1]，稚妇茅檐学煮茶[2]。
笼竹绿于诸葛庙[3]，海棠红艳放翁花[4]。

唐宋以来，成都遍植海棠，一、二月繁花吐艳，红云似锦，放翁有诗云："成都海棠十万株，繁华盛丽天下无。"此诗为赵熙在北京送杨昀谷入蜀所作，为杨介绍成都乡邦风物，也应是作者在成都所见，从写丛竹掩映的青羊宫一带农村入手，再写小女孩已学会帮忙做家务，静中有动，全诗造句直白，结句以放翁赞美海棠花来侧面勾画出成都繁华似锦的景象。让读者有很大的想象空间。

——洪君默

注释

[1] 青羊：原称青羊肆，后道家于此建庙宇，名青羊观，唐改名青羊宫。今仍蜀中名道观之一。

[2] 稚妇：少女。煮茶：前人研茶为末，煮而与渣同饮。

[3] 笼竹：丛竹，成都人谓之林盘。诸葛庙：即武侯祠，中多柏树，四季长青。

[4] 放翁花：海棠花。

锦城东下路萧然[1]，九眼桥南绿接天[2]。
两岸渐多黄竹子[3]，女儿耕得华阳田[3]。

状友人乘船自成都返乡沿途所见，水碧天青，绿竹猗猗，一派天然美景，由于华阳一带皆是良田沃壤，土质疏松，易于耕种，故女儿家也和男人一样能够耕种田地。三、四句皆是实景描写，历历如绘，使人如身临其境。

——殷明辉　何焱林

注释

[1] 锦城：锦官城之省称，蜀汉曾于成都设管理织锦之官，以资给军实，号锦里。后人称之锦官城，亦称锦城。萧然：空寂。

[2] 九眼桥：蜀人称一孔为一眼。九眼桥即九孔桥，为成都名桥。绿接天：时九眼桥南土地平旷，有茂林修竹，秩秩桑田，故称绿接天。

[3] 黄竹：此诗可能指老竹，老竹多发黄，或硬头簧一类竹子。

[4] 华阳：原为华阳县治所，与成都紧邻，今为成都天府新区华阳镇。华阳女儿耕田，为一方民俗。

九天开出一成都[1]，华屋笙箫溢四隅[3]。
半壁由来天府重[3]，独怜刘禅是人奴[4]。

首句借用李白诗句，点出成都历来是一座天造地设的富庶之区，次句道出成都还是一座充满艺术氛围，遍地都是笙箫的音乐之乡。三、四句概叹自古东南半壁所倚重的四川，到了后主刘禅手上却不能守成，甘心将大好江山拱手送人，去作亡国奴，真是个庸主。

——殷明辉　何焱林

注释

[1] 九天：用李白句。

[2] 四隅：四角，四面，此指成都四周。

[3] 半壁：原指半边，半面，此指半壁江山。

[4] 刘禅（shàn）：刘禅（207年—271年），字公嗣，乳名阿斗，蜀汉后主。公元223年嗣位，在位42年。景耀六年（263），魏军伐蜀，禅降，蜀亡。入魏封安乐公，享年64岁，谥思公。西晋末年，刘渊起事，追谥孝怀皇帝。

新繁作 近代 吴虞

闲从父老话桑麻，来往还随薄笨车[1]。
朝日初升凉露满，对田荞麦遍红花。

诗人是新繁人，这首诗应是回乡与乡亲闲聊及所见即景成诗，比较随意自然。真有一种看到古朴民风的感觉，真实地记录了当时农村的交通工具——鸡公车。诗虽短，读了却让人如见当时世情。

——洪君默

作者简介

吴虞（1872年—1949年），原名姬传、永宽，字又陵，亦署幼陵，号黎明老人，四川新繁（今成都市新都区）龙桥乡人。南社社员，近代思想家，学者。著有《吴虞文集》《秋水诗集》等。

注释

[1] 薄笨车：俗称"鸡公车"。独轮，人在后推，可在道路及田埂上行进，载物亦能载人，为农家重要交通工具。

人日行西城还小饮成咏 [1]

近代 林思进

七日危城暂得安[2]，行春还觅少城宽。

柳从黄瓦街边发[3]，花向红墙巷口看[4]。

人意尚含新岁喜，云阴已散昨宵寒。

开樽独自酬佳节，手摘青蔬荐翠盘。

新的年头总是带给人新的希望，就算"暂得安"，也要去寻觅春天的足迹，也要开樽小饮，庆贺一番。

——伍蔚冰

作者简介

林思进（1874年—1953年），字山腴，晚年自号清寂翁，成都华阳人，晚清举人。曾任内阁中书，成都府中学堂监督，四川省立图书馆馆长，华阳县中校长，成都高等师范学堂、华西大学、成都大学、四川大学教授，四川省通志馆总纂。1949年后任川西区各界人士代表会代表、川西行署参事。1952年任四川省文史研究馆副馆长。著有《中国文学概要》，参与编纂《华阳县志》《清寂堂诗集》《清寂堂文录》《吴游录》等。

注释

[1] 人日：夏历正月初七，成都旧俗多作西城之游。
[2] 危城：时军阀混战，于初七临时停战，故称暂安。
[3] 黄瓦街：诗人至交庞石帚住处。
[4] 红墙巷：诗人至交李培甫住处。

春熙路竹枝 近代 刘师亮

路到春熙景物妍，中山铜像独巍然。

笑他妇孺无知识，反说先生站露天[1]。

刘师亮是近代旷放之士，其诗作最能体现其个性，喜怒笑骂皆成文章，多以白话入诗，且诙谐自如。白话入诗看似容易，实则不然，若无新意不能引起读者共鸣。这首诗以幽默手法嘲笑民国时期的一种社会层面。可谓法外有法。
——洪君默

作者简介

刘师亮（1876年—1939年），原名芹丰，又名慎之，后改慎三，最后改师亮，字云川，别号谐庐主人，四川内江人。四川著名的奇才子。做过塾师。后人辑其著述为《师亮全集》，另有钟茂煊著《刘师亮外传》行世。

注释

[1] 站露天：时中山塑像为西装站姿。

游金堂云顶山遇雨 近代 于右任

楠生石合见精诚,五百年间愿竟成。
众口流传唐故事[1],山腰磨灭宋题名。
林泉如意难逃隐,雷雨连宵正放晴。
明月不来亦何憾?大云顶上看云行。

诗人1935年雨中游云顶山,感怀"石合楠生"作此诗,故前两句诗意白然。

"众口流传唐故事"即首联之"楠生石合"。唐天宝初年高僧王头陀来此创建慈云寺,喜种楠,后人称为楠生长老。因见庙前有两块相互离开的石头和一株近枯死之楠树,预言:"此去五百年后寺当废,楠生而石合则寺复兴"。宋元之后,该寺果然日渐凋敝冷落,直到明朝寺内石渐合且枯萎之楠树亦发新枝,慈云寺复又兴旺,至康熙时得以重修。"山腰磨灭宋题名",似指黄庭坚复官到湖北前,受表哥邀请游云顶并撰写《庆善院大悲阁记》。后逢其巧,作为历史名人又是大书法家的于老亦为寺庙题"大雄宝殿"四字。

——高森信

作者简介

于右任(1879年—1964年),原名伯循,字诱人,尔后以"诱人"谐音"右任"为名;别署"骚心""髯翁",晚年自号"太平老人"。陕西三原人,祖籍泾阳斗口于村。中国近现代政治家、教育家、书法家。

注释

[1] 唐故事:传唐时有楠生石上,后楠枯石裂,复有人预言:五百年后,当见楠生石合。

青城纪事诗（二首） 近代 于右任

翠浪东倾接混茫，眼前忧患讵能忘！
空山叫断桫桫鸟[1]，一夜惊心似战场。

大面山前云万重[2]，西来无计觅仙踪。
今朝黄帝祠前拜，始识飞行有宁封[3]。

二诗为诗人抗战期间青城小住之作。

第一首写青城山所见所感。所谓翠浪者青城群峰青翠似黛，起伏参差，如浪排空，迤逦远去，接于混茫。虽然山岳如画，眼前国难当头，抗战正当艰难时刻，虽有美景，能忘忧患？空山清寂，本可高卧，但知更鸟一夜叫噪，桫桫之声不绝于耳，梦寐间以为置身战场，数度惊醒。

第二首则游大面山时作，大面山高峻，不时云封雾锁，故有"云万重"之叹。抗战西迁，无计访道，今日在黄帝祠前拈香，黄帝为中华人文始祖，国难当头，子孙焉能置身事外,从宁封而遁世出尘?此为诗人自警之词。

——何焱林

注释

[1] 梆梆鸟:知更鸟,啼声如敲梆。
[2] 大面山:大面山位于都江堰市西,又称赵公山。
[3] 宁封:传说中古仙人,黄帝曾向其问过龙蹻飞行术,封五岳丈人。

韩滩春涨 近代 郑兰

浩淼三江合[1]，千家古渡头。
轻航天上坐[2]，远市水中浮。
柳倦迎人舞，花残逐浪流。
潭沱无限好，泛泛浴群鸥。

诗人于春天到韩滩的即景诗，时春潮正涌、人家枕河，一片盎然自得景象。诗中佳句连珠，圆润流丽、情味隽永，让人联想顿生。不失为优美之作。惜全诗未突破写景藩篱，少了一点诗人的观后感。

——洪君默

作者简介

郑兰（1881年—1936年），名洪亮，字亚伯，号国香，郑成功后裔，生于四川璧山来凤驿。祖先于乾隆二年（1737年）由广东韶州府仁化县长乐里入蜀。

注释

[1] 三江：青白江、毗河、北河，交汇于韩滩。在今金堂县境内。
[2] 天上坐：沈佺期有句曰："船如天上坐。"

成都近郊河心村 [1]

近代 谢无量

木槿编篱土筑墙[2],田家住在水中央。
五月穿棉六月冷,门前夜夜稻花香。

> 此诗最大特点是用白描手法勾勒出成都平原的农村风光,展现在眼前的是一幅农家乐的浅绿色田园画卷,具有艺术感染力,让人如亲临其境,如清人吴乔所说:"诗而有景有情,则自有人在其中。"
>
> ——洪君默

作者简介

谢无量(1884年—1964年),原名蒙,字大澄,号希范,后易名沉,字无量,别署啬庵,四川乐至人。近代著名学者、诗人、书法家。

注释

[1] 河心村：地处成都市东南面，府河支流环境。

[2] 木槿：落叶灌木，花有红、白、紫等色，密植围宅作篱，可当矮墙，亦可观赏。

金缕曲·与石帚诸公游沙河堡放生池次萧中仑韵[1]

近代 李培甫

坠叶惊秋始,弄新晴,袷衣初换[2],暮春差似。挈榼招呼寻野趣,不放流光电驶。姿跌荡,阮怀嵇旨[3]。十顷陂塘环万柳,衬黄芦苦竹森如矢。穿曲径,随儿子。

波心白鹭时飞起。乍凭栏,西湖在眼,俊游无是。煮茗敲棋还赌酒,余事不知非耻。任管领一泓烟水。翠盖红蕖相识惯,认苔边,屐印高低齿[4]。醒与醉,都忘矣。

> 诗人初秋与友人相聚之作。四面山光水色尽收眼底,煮茗赌酒、对友吟诗,惬意若何?大有怡然自得之概。妙在结句:"醒与醉,都忘矣。"以忘其所以的心情作结,真是余味无穷,让人联想到当时的盛况。
>
> ——洪君默

作者简介

李培甫(1885年—1975年),名植,字培甫,四川省垫江人。老同盟会员,日本早稻田大学毕业。曾任四川大学教授、四川大学中文系主任。

注释

[1]沙河堡:在今成都东郊,属锦江区。

[2]袷(jiá)衣:夹衣。

[3]阮怀嵇旨:阮籍情怀,嵇康旨趣。

[4]屐(jī):木鞋,底有齿。

初到青城

近代 顾诵坤

投宿名山证旧闻，参天栅白识斜曛[1]。
我从绝顶一长啸，唤起千岩万壑云。

此诗写出诗人的激情：来到向往已久的名山，迎着夕阳余晖穿过树林，登上绝顶大声呼喊，千山万壑立时生出袅袅云气。

——伍蔚冰

作者简介

顾诵坤（1893年—1980年），字铭坚，号颉刚，笔名余毅、铭坚等，江苏苏州人。中国现代著名历史学家、民俗学家，古史辨学派创始人，现代历史地理学和民俗学的开拓者、奠基人。

注释

[1] 栅白：排列如栅栏的（白皮）大树。斜曛：夕阳余晖。

龙泉山顶远望 近代 吴芳吉

风雨上龙泉,绝顶瞰诸天[1]。益州平如掌,青城几点烟。田亩相稠叠,明镜纷万千。茸茸散村树[2],秋色正澄鲜。恍若临灞岸[3],回首望樊川[4]。如何此形胜,只逐潮流迁?蜀女甜于酒,蜀土软如绵。丰功缅神禹,疏凿何时旋?

登高望远,益州青城尽收眼底。"明镜纷万千"句,当是实写成都平原上的大片"冬水田"吧。结句赞叹如此富庶膏腴之地,多赖神禹疏凿之功。"何时旋"三字,又似乎别有弦外之音。

——伍蔚冰

作者简介

吴芳吉(1896年—1932年),重庆市江津区德感坝人,字碧柳,自号白屋吴生,世称白屋诗人(见《江津县志》),其才华灿烂夺目,与苏曼殊之俊逸前后辉映,为20世纪20年代中国著名诗人。

注释

［1］诸天：佛家语，上天，借指成都。
［2］茸茸（qì）：多而散乱。
［3］灞岸：灞陵河岸，在西安市东北郊。
［4］樊川：古秦川一名樊川。

上清借居[1] 近代 张大千

自诩名山足此生,携家犹得住青城。
小儿捕蝶知宜画,中妇调琴与辨声[2]。
食粟不谋腰足健,酿梨长令肺肝清[3]。
羯来百事都堪慰[4],待挽天河洗甲兵。

诗可能是张大千自敦煌归来,借住青城时写,充满安宁和悦氛围。颔联写山居闲趣,小儿捕蝶,知其可作画材;妻子调琴,诗人与其辨音,亦知音人也。食粟不谋者,不谋食粟也,借居青城,不为谋食,腰足仍健,可以游观。入青城以来,百事堪慰。未释怀者,日寇仍在肆虐,民族仍在受难,百姓仍在水火。须待驱逐日寇,洗尽甲兵,方能享真正太平。

——何焱林

作者简介

张大千（1899年—1983年），四川内江人，近代画家。被誉为中国画坛"五百年来第一人"。

注释

[1] 上清：清城山上清宫。借居：寄居，借住。一般不给租金。
[2] 中妇：妻子。
[3] 酿梨：酿梨为酒，果酒之一，传可润肺清肝。
[4] 朅（qiè）来：尔来，近来，自那以来。

成都 近代 易君左

细雨成都路，微尘护落花。
拒门撑古木[1]，绕屋噪栖鸦。
入暮旋收市，凌晨即品茶。
承平风味足[2]，楚客独兴嗟。

  诗人入成都，时当春末夏初，细雨落花。家家户户，古树当门，拱卫安全。栖鸦绕屋，天已薄暮。入暮收市，当时电力供应有限，民俗犹保持日入而息之古朴风貌。凌晨品茶，喝早茶为成都昔日风气，无论盛夏严冬，遍布成都之茶馆早晨五六点钟即开门迎客，尤其老者，多三五相约，饮早茶，冲壳了，待得脏腑清通，再回家早餐。远行者也在此买碗茶，解解渴，歇歇脚，打个盹，再理生业。如此承平风致，怎不令楚客兴叹。诗写成都昔日风华，可作文征。

  ——何焱林

作者简介

易君左(1899年—1972年),湖南汉寿县人,北京大学文学士、日本早稻田大学硕士。家学渊源,才高资绝,文、诗、书、画无不精工,被称为"三湘才子"。留学回国后,长年在国民党军政界从事报业文化,积极参加抗日活动。1949年底去台湾,后辗转香港、台湾,在大学任教,兼任中华诗社社长。著作60余种,数千万言,诗词、游记、传记、随笔、剧本广涉博猎,信手天成,书画法古出新,卓尔不凡,为文坛奇人。

注释

[1] 拒门:此处作护门解,喻家门有古木,俨然卫士,堪拒不速之客于门外。

[2] 承平:持久太平。

戊寅夏宿青城天师洞[1]

近代 黄稚荃

百灵争拥古烟霞,信宿真忘世与家[2]。
大树深宵鸣鹳鹤,虚窗幽梦远龙蛇[3]。
三清携手今谁者[4]?九服还丹愿总赊[5]。
新月入帘寒意重,山泉静夜响筝琶。

天师洞为青城山主要道观,绿树环合,烟霞飘渺,静谧幽深,两日居其中,有遗世之感。宵鸣鹳鹤,梦远龙蛇,承首联意境,与山禽山树为伴,梦亦远尘世纷争,清静虚寂,修真之地也。然则,今又谁携手三清,问道赤阙?金丹九服,终能成仙?皆解不开之谜。新月入帘,山深寒重,只山泉淙淙,如筝琶清响,伴人幽思,也带走青春年华。读其诗,临其境,思其思,引人入胜矣!

——何焱林

作者简介

黄稚荃（1908年—1993年），笔名杜邻，四川江安人。毕业于成都高等师范，后入北京师范学院研究院，诗人、书法家、画家。曾任国民政府国史馆纂修、四川大学教授。1949年后曾任四川省政协常委、中华诗词学会顾问、四川诗书画院顾问、四川诗词学会名誉会长等。著有《杜邻诗存》《杜邻存稿》《杜诗在中国诗史上的地位》《杜诗札记》《李清照著作十论》等行世。

注释

[1] 戊寅：此农历戊寅年为民国二十七年（1938年）。天师洞：青城山主要道观，位于山之中部。传东汉顺帝汉安二年（143年），张陵来青城山结茅修真，张陵亦称张道陵，道教尊为张天师。

[2] 信宿：两宿，连住两夜。

[3] 龙蛇：此指权贵与宵小。

[4] 三清：道教指仙人所居玉清、太清、上清三种仙境，后概称道教宫观为三清。亦指道教元始天尊、太上道君、太上老君。

[5] 九服：九为数之极，九服即多服，常服。还丹：炼丹时将丹砂烧成汞，积久还原成丹砂，如此往复，称为还丹。赊：遥远。

杨柳江晚照（二首）[1]

近代 曾宝和

散步城南欲暮天，疏林黄叶漏苍烟。
微吟偶向江头立，江水无声石子圆。

傍岸人家苇作篱，炊烟缕缕出茅茨。
青菘渐熟黄鸡老[2]，风味何殊太古时。

第一首：夕阳已经停留在地平线上，只有西边的火烧云照映在天地之间，诗人漫步在城南杨柳河畔，深秋时节，苍烟透过疏林黄叶袅袅升起。诗人站在杨柳江头微吟，江水无声胜有声，那是诗人眼中大小不等的圆石头。是耶非耶？

第二首：芦苇遮掩的傍岸人家，炊烟缕缕时而飘来大白菜的味道，特别是鸡肉在锅中翻出的油黄色，风味与太古时期有何不同？着笔不多，却能完成一幅小桥流水人家的田园风景。

——杨振兴

作者简介

曾宝和,民国时期人,生卒年及生平不详。

注释

[1] 杨柳江:今之杨柳河。

[2] 青菘(sōng):菘即白菜,青菘指鲜嫩之白菜。

春熙路竹枝[1]

近代 书痴

春熙直到鼓楼街[2]，无数拉车一字排[3]。
绿女红男多有趣，隔人犹在叫乖乖。

本诗描绘了一幅热闹市井图。诗人只字不提街市景观，不提丰富的商品流通，不提川戏美食的魅力；只写从春熙路到鼓楼街的路上车水马龙，只写行人来往如织。绿女红男隔人相呼乖乖，彰显市井之趣，深得竹枝词妙用，得俗语出名士的真谛。

——杨振兴

作者简介

平生事迹不详，"书痴"疑是作者笔名或假托。

注释

[1] 春熙：指春熙路。原为连通东大街与商业场之一小巷，往来经营者极感不便，1924年，时任四川省督办的杨森下令把旧衙门全部拆除，在此修建了从南到北一条街，后又建东西两条街，称春熙路东、西段、南、北段。

[2] 鼓楼街：明万历年间在此建钟鼓楼，后毁于战火，清末复建。楼上置有钟、鼓报时报警，民间称为鼓楼，鼓楼街因之得名。南有鼓楼南街，北有鼓楼北一、北二、北三、北四街。1953年拆除鼓楼。

[3] 拉车：人力车，俗称黄包车。